Witold Gombrowicz

Cosmos

*Traduit du polonais
par Georges Sédir*

Denoël

Witold, le jeune narrateur, et son ami Fuchs débarquent en plein été dans une pension de famille villageoise. La découverte d'un moineau mort, pendu à un fil de fer au creux d'un taillis, prélude à une série de signes tout aussi étranges qui vont se nouer les uns aux autres, dans une atmosphère étouffante de (faux) roman policier, jusqu'à un dénouement brutal.

Gombrowicz est né en Pologne en 1904. Il fait ses débuts littéraires dans son pays. Un de ses premiers livres, *Ferdydurke*, très en avance sur son temps, a pu être considéré comme existentialiste avant la lettre. En 1939, il s'expatrie en Argentine, où il reste vingt-quatre ans. Puis il séjourne à Berlin et s'installe enfin à Vence, où il meurt en 1969.

Son œuvre, provocatrice, paradoxale, dominée par les notions de la Forme et de l'Immaturité, comprend des romans, comme *Ferdydurke* et *La Pornographie*, un Journal, et des pièces de théâtre : *Yvonne, Le Mariage, Opérette*.

QUELQUES EXTRAITS
DE MON JOURNAL
AU SUJET DE « COSMOS »

1962 — *Qu'est-ce qu'un roman policier? Un essai d'organiser le chaos. C'est pourquoi mon* Cosmos, *que j'aime appeler « un roman sur la formation de la réalité », sera une sorte de récit policier.*

1963 — *Je pose deux points de départ, deux anomalies très éloignées l'une de l'autre: a) un moineau pendu; b) l'association de la bouche de Catherette à la bouche de Léna.*
Ces deux problèmes se mettent à réclamer un sens. L'un pénètre l'autre en tendant vers la totalité. Ainsi commence un processus de suppositions, d'associations, d'investigations, quelque chose va se créer, mais c'est un embryon plutôt monstrueux, un avorton... et ce rébus obscur, incompréhensible, va exiger sa solution... chercher une Idée qui explique, qui mette de l'ordre...

1963 — *Quelles aventures, quels incidents avec le réel pendant cette remontée du fond des ténèbres!*
Logique intérieure et logique extérieure.
Ruses de la logique.
Pièges intellectuels: les analogies, les oppositions, les symétries...

Rythmes furieux, brusquement accrus, d'une Réalité qui se déchaîne. Et qui s'effondre. Catastrophe. Honte.

La réalité débordant soudain à cause d'un fait en surnombre.

Création de tentacules latéraux... de cavités obscures... d'engorgements de plus en plus pénibles... Freins... virages... tourbillons...

Etc., etc., etc.

L'Idée tourne autour de moi comme une bête sauvage...

Etc., etc.

Ma collaboration. *Moi de l'autre côté, du côté du rébus. Essayant de compléter ce rébus. Emporté par le tourbillon des événements qui cherchent une Forme.*

C'est en vain que je me jette dans ce tourbillon pour que, aux dépens de mon bonheur, ...

Microcosme — macrocosme.

Mythologisation. Distance. Écho.

Irruption brutale d'une absurdité *logique. Scandaleux.*

Points de repère.

Léon célébrant son office.

Etc., etc., etc.

(mais il n'y a rien à craindre, ce sera malgré tout une histoire normale, un roman policier normal, quoique un peu rugueux).

Dans l'infinité des phénomènes qui se passent autour de moi, j'en isole un. J'aperçois, par exemple, un cendrier sur ma table (le reste s'efface dans l'ombre).

Si cette perception se justifie (par exemple, j'ai remarqué le cendrier parce que je veux y jeter la cendre de ma cigarette), tout est parfait.

10

Si j'ai aperçu le cendrier par hasard et ne reviens pas là-dessus, tout va bien aussi.

Mais si, après avoir remarqué ce phénomène sans but précis, vous y revenez, malheur! Pourquoi y êtes-vous revenu, s'il est sans signification? Ah ah! ainsi il signifiait quelque chose pour vous, puisque vous y êtes revenu? Voilà comment, par le simple fait que vous vous êtes concentré sans raison une seconde de trop sur ce phénomène, la chose commence à être un peu à part, à devenir chargée de sens...

— Non, non! (vous vous défendez) c'est un cendrier ordinaire.

— Ordinaire? Alors pourquoi vous en défendez-vous, s'il est vraiment ordinaire?

Voilà comment un phénomène devient une obsession...

La réalité serait-elle, dans son essence, obsessionnelle? Étant donné que nous construisons nos mondes en associant des phénomènes, je ne serais pas surpris qu'au tout début des temps il y ait eu une association gratuite et répétée fixant une direction dans le chaos et instaurant un ordre.

Il y a dans la conscience quelque chose qui en fait un piège pour elle-même.

W. G.

I

Je vous raconterai une autre aventure plus étonnante...

Sueur. Fuchs. Moi derrière lui, les chaussettes, les talons, le sable, nous marchons, nous marchons lourdement, tèrre, ornières, sale chemin, reflets de cailloux brillants, lumière éclatante, bourdonnements, tremblements d'air chaud, le tout noir de soleil, et des maisonnettes, des clôtures, des champs, des bois, cette route, cette marche, pourquoi et comment, ce serait long à dire, à la vérité j'en avais assez de mes père et mère, et de toute la famille, d'ailleurs, je voulais réussir au moins un examen, et aussi goûter du changement, m'évader, vivre quelque part au loin. Arrivé au village de Zakopane, je prends la rue Krupowki, je me demande comment dénicher une petite pension bon marché et voilà que je rencontre Fuchs, sa tête de rouquin très blond, ses yeux saillants, son regard graissé d'apathie, mais il est content et moi aussi, comment vas-tu, qu'est-ce que tu fais, je cherche une chambre, moi aussi, j'ai l'adresse d'une maison (me dit-il), ce sera moins cher parce que c'est loin, presque au bout du village. Donc nous y allons, les chaussettes, les talons dans le sable, la route, la chaleur, je regarde, terre et sable, des cailloux étincellent, une-deux, une-deux, les chaussettes, les talons, la sueur, les yeux clignotent, j'ai mal dormi dans le train, et toujours cette marche au ras du sol, écrasée, accablée...

Il s'arrête.

— On se repose?

— C'est encore loin?

— Non.

Je regardai aux alentours et vis ce qu'il y avait à voir, et que je ne voulais pas voir parce que je l'avais vu si souvent : des pins et des haies, des sapins et des maisons, du gazon et de la mauvaise herbe, un fossé, des sentiers et des plates-bandes, des champs et une cheminée... l'air... et tout brillait au soleil, mais en noir, le noir des arbres, le noir de la terre, le noir des plantes, le tout était plutôt noir. Un chien aboya. Fuchs obliqua vers des buissons.

— Il fait plus frais.

— Continuons.

— Attends. On se repose un petit moment?

Il s'enfonça plus avant dans les buissons où s'ouvraient des abris, des recoins obscurcis par des coudriers entrecroisés et des branches de sapins. Je plongeai le regard dans ce fouillis de feuilles, de rameaux, de taches lumineuses, d'épaississements, d'entrebâillements, de déviations, de poussées, d'enroulements, d'écartements, de je ne sais quoi, dans cet espace tacheté qui avançait et se dérobait, s'apaisait, pressait, que sais-je? bousculait, entrouvrait... Perdu, couvert de sueur, je sentais à mes pieds la terre noire et nue. Là, entre les branches, il y avait quelque chose qui dépassait, quelque chose d'autre, d'étrange, d'imprécis. Et mon compagnon aussi regardait cela.

— Un moineau.

— Ouais.

C'était un moineau. Un moineau à l'extrémité d'un fil de fer. Pendu. Avec sa petite tête inclinée et son petit bec ouvert. Il pendait à un mince fil de fer accroché à une branche.

Bizarre. Un oiseau pendu. Un moineau pendu. Cette excentricité hurlante indiquait qu'une main humaine s'était glissée dans ce taillis. Mais qui? Qui avait pendu cet oiseau, pourquoi, quel pouvait être le motif? J'évoquai confusément, dans cette végétation proliférante aux millions de combinaisons, les secousses du voyage en train, le fracas nocturne de la locomotive, le manque de sommeil, l'air, le soleil, la marche avec ce Fuchs, Janina, ma mère, l'affaire de la lettre, le vieux que j'avais « glacé », Roman, et pour terminer les ennuis de Fuchs avec son chef de bureau, les ornières, le sale chemin, les talons, les chaussettes, les cailloux, les feuillages, cet ensemble aboutissant, comme une foule agenouillée, à ce moineau... et lui, l'excentrique, triomphait, il triomphait dans ce coin perdu.

— Qui aura bien pu le pendre?

— Un gamin.

— Non. C'est trop haut.

— Partons.

Mais il ne bougeait pas. Le moineau pendait. La terre était nue, sauf par endroits où poussait une herbe courte. Un tas de choses traînaient : un fragment de tôle tordue, un bout de bois, un autre bout de bois, un carton déchiré, une baguette, il y avait aussi un scarabée, une fourmi, une deuxième fourmi, un ver inconnu, une bûche, etc., etc., jusqu'au taillis et à la racine des buissons. Il observait cela comme moi. « Partons. » Mais il restait là, il regardait, le moineau pendait, je restais là aussi, je regardais aussi. « Partons. » « Partons. » Nous ne bougions pas, cependant, peut-être parce que nous étions restés trop longtemps déjà et que le moment convenable pour le départ était passé... et maintenant cela devenait plus dur, plus incommode, nous deux avec ce moineau pendu dans les buissons... et j'eus l'intuition d'une sorte de disproportion, de faute de goût ou d'inconvenance de notre part... J'avais sommeil.

— Allons, en route! dis-je, et nous partîmes en laissant dans les buissons le moineau.

Mais cette nouvelle marche en plein soleil nous mit en sueur, nous accabla; nous fîmes halte après quelques centaines de pas, mécontents, et je redemandai si c'était encore loin, et Fuchs répondit en montrant du doigt un écriteau sur une clôture :

— Ici aussi, ils ont des chambres à louer.

Je regardai. Un jardinet. Dans le jardinet, derrière une palissade, une maison sans ornements ni balcons, triste et médiocre, économique, munie d'un perron avare, bâtie en bois, avec deux rangées de fenêtres, cinq au rez-de-chaussée et cinq à l'étage; quant au jardinet : quelques arbrisseaux nains, des pensées qui défaillaient sur les plates-bandes, deux ou trois sentiers couverts de gravier. Mais lui pensait qu'il valait la peine d'essayer, que risquait-on, on trouvait parfois à bouffer merveilleusement dans une baraque de ce genre, et ça pouvait être bon marché. Moi aussi j'avais envie de voir : certes, nous avions déjà dépassé plusieurs écriteaux analogues sans y prêter attention, mais je ruisselais. Chaleur. Il ouvrit un petit portail et nous allâmes, en suivant le sentier gravillonné, vers des vitres qui miroitaient. Il appuya sur la sonnette, nous attendîmes un instant sur le perron et la porte s'ouvrit. Apparut une femme qui n'était plus très jeune, la quarantaine, l'air d'une servante, avec de la poitrine, plantureuse.

— Nous voudrions voir les chambres.

— Tout de suite, je vais chercher Madame.

Nous restâmes sur le perron. J'avais en tête le grondement du train, le voyage, les incidents de la veille, la foule, la fumée, le bruit, toute une cascade et son vacarme affolant. Ce que j'avais remarqué chez cette personne était un étrange défaut sur sa bouche d'honnête femme de ménage aux petits yeux clairs : cette bouche était comme trop fendue d'un côté, et allongée ainsi imperceptiblement, d'un millimètre, sa lèvre supérieure débordait, fuyant en avant ou glissant presque à la façon d'un reptile, et ce glissement latéral, fugitif, avait une froideur repoussante de serpent, de batracien, mais pourtant il m'échauffa, il m'enflamma sur-le-champ, car il était comme une obscure transition menant à son lit, à un péché glissant et humide... Et la voix m'étonna : j'en attendais je ne sais quelle autre dans une telle bouche, tandis que cette femme parlait comme la servante qu'elle était, une servante d'un certain âge, replète. Maintenant je l'entendais appeler dans la maison :

— Ma tante! Il y a des messieurs pour une chambre!

La tante, qui vint en roulant sur de courtes jambes, était ronde. Nous échangeâmes quelques phrases, oui, certainement, j'ai une chambre à deux personnes avec pension complète, si vous voulez me suivre. Un relent de café fraîchement moulu, un petit corridor, un escalier de bois, vous êtes là pour longtemps? oui, ah, les études, ici c'est très

17

calme, on a la paix... A l'étage, un autre corridor et quelques portes, la maison n'était pas grande. La tante ouvrit la dernière porte et j'embrassai d'un seul coup d'œil la pièce qui, comme toutes les chambres à louer, était assez obscure, avec le store baissé, deux lits et une armoire, un porte manteau, une carafe sur une soucoupe, deux lampes de chevet sans ampoules, une glace dans un cadre sali, laid. Un peu de soleil, passant sous le store, tombait sur un fragment de plancher et l'on percevait une odeur de lierre ainsi qu'un bourdonnement d'insecte. Et pourtant... et pourtant il y eut une surprise, car un des lits était occupé : une femme y était couchée, et l'on aurait même pu croire qu'elle n'était pas couchée exactement comme il convenait. Et je ne savais pas à quoi tenait cette bizarrerie, peut-être au fait que ce lit n'avait pas de draps mais rien qu'un matelas, peut-être au fait qu'une jambe reposait en partie sur le treillis métallique (le matelas avait un peu glissé)... ce mélange de jambe et de métal m'avait frappé en cette journée ardente, bourdonnante, harassante. Dormait-elle ? A notre vue, elle s'assit sur le lit et arrangea ses cheveux.

— Léna, qu'est-ce que tu fais, mon chou ? Voyons ! Je vous présente... Ma fille.

Elle inclina la tête en réponse à notre salut, se leva et sortit en silence. Ce silence endormit en moi l'idée qu'il y avait là de l'insolite.

On nous montra encore la pièce voisine, semblable à la première, mais un peu meilleur marché parce qu'elle ne donnait pas directement sur la salle de bains. Fuchs s'assit sur le lit et Madame Wojtys sur une petite chaise ; en conclusion l'accord se fit pour la location et pour les repas, au sujet desquels

Madame Wojtys promit : « Messieurs, vous verrez par vous-mêmes. » Nous prendrions le petit déjeuner et le déjeuner dans notre chambre, et le dîner en bas, en famille.

— Apportez vos affaires, Messieurs, et moi je vais tout préparer ici avec Catherette.

Nous fûmes chercher nos affaires.

Nous revînmes avec nos affaires.

Nous défîmes nos bagages et Fuchs expliqua que tout allait très bien, la chambre n'était pas chère, l'autre, celle qu'on lui avait conseillée, aurait sans doute coûté davantage, et elle était plus loin... On bouffera bien, tu vas voir !

Moi, j'étais de plus en plus fatigué de son visage de poisson. Dormir... Dormir... J'allai regarder par la fenêtre : sous la chaleur, le médiocre jardinet, puis la clôture et la route, et derrière celle-ci deux sapins qui marquaient l'endroit où, dans les taillis, le moineau pendait.

Je me jetai sur le lit, chute, vertige, m'endormis, une bouche sortie d'une bouche, des lèvres qui étaient davantage lèvres parce qu'elles l'étaient moins... mais je ne dormais plus. J'étais éveillé. Au-dessus de moi se tenait cette servante. C'était le matin, mais un matin sombre, nocturne. Non, ce n'était pas le matin. Elle essayait de me réveiller : « Le dîner est servi. » Je me levai. Fuchs mettait déjà ses chaussures. Dîner. Dans la cage à manger, devant le buffet orné d'une glace : lait caillé, radis et éloquence de M. Wojtys, ancien directeur de banque, chevalière, boutons de manchettes en or :

— Moi, très cher Monsieur, je me suis mis à la disposition de ma propre moitié et suis utilisé par elle à des offices particuliers, par exemple lorsqu'un robinet fait des siennes, ou la radio... Je vous conseillerais de reprendre un brin de beurre avec ces petits radis, c'est un beurre extra...

— Merci.

— Cette chaleur... cela se terminera par un orage, j'en jurerais par tout ce qui est sacré, dans les siècles des siècles!

— Tu as entendu, papa, les coups de tonnerre, très loin, derrière la forêt? (C'était Léna qui parlait, je ne l'avais pas encore regardée à mon aise, d'ailleurs je ne voyais pas grand-chose; en tout cas l'ex-directeur s'exprimait de façon pittoresque :)

— Je suggérerais encore une gustule de ce lait aigrelet, ma femme est une toute spéciale spécialiste du bon lolo caillé, et tout le truc, mon cher vicomte, c'est quoi? C'est le pot! La perfection caillatique du caillé est en relation directe avec les propriétés lactiques du pot.

— Qu'est-ce que tu y connais, Léon? (C'était l'épouse qui intervenait.)

— Moi, je suis bridgeur, mes chers jeunes Messieurs, ex-homme de banque et présentement homme de bridge, par particulière permission conjugale aux heures méridiennes et, le dimanche, vespérales! Ah, ce sont les études qui vous occupent? Dans ce cas, cette humble demeure est exactement ce qu'il faut, n'y manque pas un iota, voilà la paix et la tranquillité à dormir debout, si j'ose dire...

... mais je n'écoutais guère, Léon Wojtys avait une tête de courge, une tête de gnome, dont la calvitie, rehaussée par l'éclat sarcastique d'un binocle, envahissait la table; à côté de lui Léna, gentille, une eau qui dort, Madame Wojtys assise sur sa rondeur et en émergeant pour diriger le dîner avec une sorte de dévouement insoupçonné, Fuchs disait quelque chose d'une voix pâle, blanche, nonchalante, je mangeais un pâté, ah quel sommeil, on parlait de la poussière, de la saison qui n'était pas encore commencée, je demandai si les nuits étaient plus fraîches, nous terminâmes les pâtés, la compote parut et, après la compote, Catherette mit près de Léna un cendrier couvert d'un treillis de fils de fer, comme un rappel, un faible rappel de cet autre treillis (du lit), sur lequel une jambe, quand j'étais entré dans la pièce, le pied, un peu de mollet, sur le treillis métallique, etc., etc. La lèvre glissante de Catherette se trouva tout près de la bouche de Léna.

J'étais suspendu à cela, moi qui avais quitté les choses de là-bas, de Varsovie, et voilà que je tombais dans les choses d'ici, pour recommencer... J'étais suspendu à cet unique instant, mais Catherette s'éloigna, Léna poussa le cendrier vers le milieu de la table... et j'allumai une cigarette... on mit la radio; M. Wojtys tambourina du doigt et fredonna un petit air, quelque chose comme « tri-li-li », mais il s'interrompit, il tambourina de nouveau, fredonna de nouveau et s'interrompit encore. On était à l'étroit. La pièce était trop exiguë. La bouche de Léna fermée et entrouverte, timide... et rien d'autre, bonne nuit, nous montons.

Pendant que nous nous déshabillions, Fuchs reprit ses plaintes au sujet de Drozdowski, son chef de bureau; sa chemise en main il se lamenta d'une voix pâle, blanche, rousse : ce Drozdowski, au début cela marchait parfaitement entre nous, et puis tout s'est gâté comme ci ou comme ça, j'ai commencé à lui porter sur les nerfs et maintenant, que veux-tu, je lui porte sur les nerfs et il suffit que je lève le doigt pour lui porter sur les nerfs, est-ce que tu comprends ça, porter sur les nerfs à son propre chef, sept heures par jour, il ne peut pas me souffrir, on voit qu'il essaie de ne pas me regarder, sept heures par jour, quand il me voit par hasard son regard recule comme s'il s'était brûlé, sept heures par jour !

Je ne sais plus moi-même, dit-il, l'œil fixé sur ses chaussures. J'ai parfois envie de tomber à genoux et de crier : « Monsieur Drozdowski, pardon, pardon ! » Mais de quoi ? Il ne doit pas y mettre de mauvaise volonté, je l'énerve réellement, les collègues me conseillent de me tenir coi, de ne pas trop tomber sous son regard, mais (il écarquilla les yeux, poisson mélancolique) comment est-ce que je peux tomber ou ne pas tomber sous son regard puisque nous sommes ensemble sept heures par jour dans le même bureau, et il suffit que je tousse, que je remue la main, pour qu'il attrape de l'urticaire. Est-ce que je pue ?

Ces lamentations d'un Fuchs repoussé s'associaient pour moi à mon départ de Varsovie, plein de dégoût, de mépris, et tous les deux, lui et moi, démunis... aversion... et dans cette chambre louée, inconnue, dans cette maison de rencontre, dans cette maison de hasard, nous nous dévêtions comme des hommes repoussés, rejetés. Encore quelques mots sur les Wojtys, sur l'ambiance familiale, je m'endormis. Je me réveillai. La nuit. Le noir. Quelques minutes s'écoulèrent avant que, tapi sous mon drap, je m'y retrouve, dans cette pièce, entre l'armoire, la table, la carafe, et comprenne ma position par rapport aux fenêtres et à la porte, grâce à un effort cérébral, calme et intense. Je me demandai longtemps ce que j'allais faire, dormir ou ne pas dormir. Je n'avais pas envie de dormir et je n'avais pas envie non plus de me lever, donc je me creusais la tête : me lever, dormir, rester couché ? Enfin je sortis une jambe et m'assis sur le lit, et en m'asseyant j'entrevis la tache blanchâtre de la fenêtre, je m'en approchai pieds nus et relevai le store. Là-bas, derrière le jardinet, derrière la clôture, derrière la route, là-bas se trouvait l'endroit où le moineau était pendu au milieu des branches emmêlées, au-dessus d'une terre noire jonchée de cartons, de tôles, de bûches, là où les cimes des sapins baignaient dans la nuit constellée. Je rabaissai le store, mais sans m'éloigner car il m'était venu à l'esprit que Fuchs pouvait m'observer.

En effet, on n'entendait pas sa respiration, et s'il ne dormait pas, il voyait que j'avais regardé par la fenêtre... ce qui aurait été sans importance s'il n'y avait eu la nuit et l'oiseau, l'oiseau avec la nuit, l'oiseau dans la nuit. Oui, si j'avais regardé par la fenêtre, cela ne pouvait que concerner l'oiseau... et j'eus honte... mais le silence trop prolongé et trop complet me donna soudain la certitude que Fuchs n'était pas là, et réellement, il n'était pas là; il n'y avait personne dans son lit. Je découvris à nouveau la fenêtre et la lueur des multiples étoiles me montra, vide, la place où il aurait dû se trouver. Où était-il allé?

A la salle de bains? Non, le léger bruit d'eau qui en parvenait n'indiquait pas une présence. Mais dans ce cas... et s'il était allé voir le moineau? Je ne sais d'où cette idée m'était venue, mais elle me parut aussitôt n'être pas impossible, il avait très bien pu y aller : hier le moineau l'avait intéressé, peut-être examinait-il les buissons en cherchant une explication quelconque, et cette figure rousse, flegmatique, convenait bien à ce genre de recherches, cela lui ressemblait bien de réfléchir, de combiner, qui avait pendu, pourquoi pendu... Et s'il avait choisi cette maison-ci, c'était peut-être aussi, entre autres, à cause du moineau (cette idée pouvait être un peu tirée par les cheveux, elle restait au second plan, en annexe), en tout cas il s'était réveillé, ou même il n'avait pas dormi du tout, la curiosité l'avait mordu, il s'était levé, il était sorti, peut-être pour vérifier un détail et pour scruter la nuit? Jouait-il au détective? J'étais enclin à le croire. J'étais de plus en plus enclin à le croire. Cela ne me gênait en rien, certes, mais j'aurais préféré que notre séjour chez les Wojtys ne commençât pas par de tels troubles nocturnes, et d'autre part il m'irritait un peu que ce moineau nous revienne encore, parade devant nous, comme s'il s'enflait, se gonflait, se rendait plus intéressant qu'il ne l'était en réalité. Et si cet imbécile était vraiment allé le voir, l'oiseau allait devenir un personnage à qui l'on rend des visites! Je souris. Mais que faire? Je ne savais pas, mais je n'avais pas envie de me recoucher, j'enfilai mon pantalon, j'ouvris la porte de notre chambre et penchai la tête dans le corridor. Tout était vide et un peu froid, à gauche les ténèbres pâlissaient à l'endroit de l'escalier, il y avait là une petite fenêtre, je prêtai l'oreille : rien. Je sortis dans le corridor et il me déplut un peu qu'il fût sorti furtivement et que je sortisse furtivement à mon tour... En définitive ces deux sorties successives n'étaient pas tellement innocentes. Quand j'eus quitté la chambre, je reconstituai en esprit la disposition de la maison, les ramifications des pièces, les combinaisons de murs, de vestibules, de passages, de meubles et même de personnes... que je ne connaissais pas, que je commençais à peine à connaître.

Je me trouvais en pleine nuit dans le corridor

d'une maison étrangère, vêtu seulement d'un pantalon et d'une chemise : cela glissait vers la sensualité, d'un glissement semblable à celui de la lèvre de Catherette... Où couchait-elle? Couchait?! Dès que je me le fus demandé, il apparut que dans ce corridor nocturne j'allais vers elle, pieds nus, en chemise et en pantalon, et voilà que sa déformation labiale et reptilienne, combinée avec mon échec, là-bas, à Varsovie, où ma famille m'avait rejeté, commença à me pousser un tout petit peu, à peine, froidement, vers sa saleté à elle, qui, dans cette maison endormie... Où couchait-elle? J'avançai de quelques pas, j'atteignis l'escalier et regardai par l'unique petite fenêtre du corridor, qui donnait sur l'arrière de la maison, du côté opposé à la route et au moineau, sur un vaste espace clos par un mur et éclairé par des nuages et des essaims d'étoiles, où l'on pouvait voir le même jardinet avec des sentiers gravillonnés et de maigres arbustes, et qui se transformait plus loin en un terrain nu occupé seulement par un tas de briques, par une cabane... Sur la gauche, tout près de la maison, il y avait une espèce d'appentis, sans doute cuisine ou buanderie, c'était là, peut-être, que Catherette berçait dans le sommeil la malice de sa bouche...

La profusion étoilée du ciel... incroyable... dans ces amas errants se détachaient des constellations, j'en connaissais quelques-unes, la Balance, la Grande Ourse, je les retrouvais, mais d'autres, inconnues de moi, guettaient, comme si elles étaient inscrites dans le plan général des étoiles les plus importantes; j'essayais de tracer des lignes, qui formaient des figures... et je fus soudain las de les distinguer ainsi, d'imposer une telle carte, je passai dans le jardin, mais là aussi je fus lassé par la multi-

tude d'objets tels que cheminée, tuyau, coude de
gouttière, corniche sur le mur, arbrisseau... mais
aussi des objets plus difficiles, parce que plus
complexes, comme par exemple le tournant et la
disparition d'un sentier, le rythme des ombres... et
je me mis, malgré moi, à chercher des figures, des
rapports; je n'en avais pas envie, je me sentis fatigué, impatienté, énervé, jusqu'à ce que j'eusse
discerné que ce qui m'attirait, ou ce qui m'enchaî-
nait, peut-être, c'était qu'une chose fût « derrière »,
« au-delà » : un objet était « derrière » un autre, le
tuyau derrière la cheminée, le mur derrière l'angle
formé par la cuisine, comme... comme... comme les
lèvres de Catherette derrière la bouche de Léna
quand, à dîner, Catherette poussait le cendrier à
treillis de fer et se penchait au-dessus de Léna en
abaissant ses lèvres glissantes et en les rappro-
chant... Je fus plus surpris qu'il ne convenait,
d'ailleurs j'étais un peu porté à l'exagération, de
plus les constellations, cette Grande Ourse, etc.,
m'apparaissaient comme quelque chose de cérébral,
de fatigant, je pensai « Quoi? les bouches ? ensemble? » et ce qui me stupéfia en particulier, c'était que
ces bouches, celle de l'une et celle de l'autre, maintenant, dans mon imagination, dans mon souvenir,
étaient en relation plus étroite que naguère, à table;
je secouai même la tête comme pour me reprendre,
mais le lien entre les lèvres de Léna et celles de
Catherette n'en devint que plus manifeste, alors je
souris car la déviation dissolue de Catherette, cette
fuite vers la saleté, n'avait rien, vraiment rien de
commun avec la fraîche ouverture du repli virginal
des lèvres de Léna, sauf que l'une était « par rapport
à l'autre » — comme sur une carte, comme une ville
sur une carte par rapport à une autre — ces idées de

cartes ne voulaient plus me sortir de la tête, carte du ciel, ou carte géographique ordinaire avec ses localités, etc. Ce « lien » n'en était pas vraiment un, il s'agissait simplement d'une bouche regardée par rapport à une autre, en fonction, par exemple, de la distance de l'orientation, de la situation, rien de plus... mais le fait est que moi, calculant que la bouche de Catherette devait se trouver quelque part à proximité de la cuisine (là où elle couchait), je me demandai où, de quel côté et à quelle distance de cet endroit pouvait se trouver la petite bouche de Léna. Et la luxure froide qui me poussait vers Catherette dans ce corridor dévia à cause de cette intrusion marginale de Léna.

A cela s'ajoutait une distraction croissante. Rien d'étonnant : une concentration excessive sur un seul objet provoque la distraction ; cet unique objet masque tout le reste, en fixant un point de la carte nous savons que tous les autres nous échappent. Moi, l'esprit fixé sur le jardin, sur le ciel, sur la dualité des bouches, je savais, je savais que quelque chose m'échappait, quelque chose d'important... Fuchs ! Où était-il passé ? « Il jouait au détective ? » Pourvu que ça ne se termine pas par un scandale ! Mécontentement de loger avec ce poisson de Fuchs ; devant moi, le jardin, les arbustes, les sentiers qui se terminaient par une place avec un tas de briques jusqu'au mur étonnamment blanc, tout cela m'apparut comme un signe visible de ce que je ne voyais pas : l'autre côté de la maison où il y avait aussi un bout de jardin, puis la clôture, la route, et derrière celle-ci le fourré... et la tension du monde stellaire se fondit en moi avec celle de l'oiseau pendu. Fuchs était-il là-bas près du moineau ?

Le moineau ! Le moineau ! A vrai dire ni le moineau ni Fuchs n'éveillaient mon intérêt, la bouche, certes, était autrement intéressante... Ainsi pensai-je distraitement. J'abandonnai donc le moineau pour me concentrer sur la bouche et il se créa ainsi une sorte de tennis épuisant car le moineau me renvoyait à la bouche, la bouche au moineau, je me trouvais entre les deux, et l'un se cachait derrière l'autre; dès que j'atteignais la bouche, vivement, comme si je l'avais perdue, je savais aussitôt que derrière ce côté de la maison, il y avait l'autre et, derrière la bouche, le moineau solitaire qui pendait... Et le plus désagréable était que le moineau ne se laissait pas placer sur la même carte que la bouche, il était complètement au-delà, il était d'une autre nature, et d'ailleurs fortuit, absurde même, donc pourquoi continuait-il à se mettre devant moi, il n'en avait pas le droit! Non, non, il n'en avait pas le droit! Pas le droit? Moins il avait de justification, plus il s'imposait et se rendait importun, plus il devenait difficile de s'en libérer : s'il n'en avait pas le droit, c'était d'autant plus significatif qu'il s'en prît à moi!

Je restai encore un moment dans le corridor entre le moineau et la bouche. Je revins à la chambre, me couchai et, plus vite qu'on n'aurait pu le penser, m'endormis.

Le lendemain, après avoir sorti livres et papiers, nous nous mîmes au travail. Je ne demandai pas à Fuchs ce qu'il avait fait dans la nuit et moi-même j'évoquai sans plaisir mes aventures dans le corridor; j'étais comme quelqu'un qui est tombé dans l'exagération et qui se sent ensuite mal à l'aise, oui, je me sentais mal à l'aise, mais Fuchs aussi avait une mine équivoque, il commença en silence ses calculs, qui étaient laborieux, étalés sur beaucoup de feuilles, agrémentés de logarithmes, et qui tendaient à élaborer une martingale pour la roulette, martingale qu'il savait être, sans le moindre doute, une sottise, une duperie, mais à laquelle il consacrait pourtant toute son énergie parce qu'il n'avait rien d'autre, rien de mieux à faire; c'était sans espoir, son congé se terminait dans deux semaines et ce serait le retour au bureau de Drozdowski, qui ferait des efforts surhumains pour ne pas regarder dans sa direction, et il n'y avait pas de solution car, même son zèle, Drozdowski le trouverait insupportable... Il exhalait bâillement sur bâillement, ses yeux n'étaient que deux fentes et il ne se plaignait même plus, il était comme il était, indifférent, tout au plus essayait-il de me montrer sa sympathie au sujet de mes ennuis familiaux : voilà, tu vois, c'est la même chose pour tout le monde, à toi aussi ils en veulent, bon Dieu..., qu'ils aillent tous au diable !

Dans l'après-midi, nous nous rendîmes en ville, en autobus, pour faire quelques achats. Puis ce fut l'heure du dîner que j'attendais avec impatience parce que je voulais voir Léna et Catherette, Catherette avec Léna, après cette fameuse nuit. Dans cette attente, je m'abstenais de toute pensée à leur sujet : d'abord voir encore une fois, ensuite seulement penser.

Mais quel changement de plan imprévu !

Elle était mariée ! Le mari apparut comme nous étions déjà en train de manger. Il penchait sur son assiette un nez oblong tandis que j'examinais avec une curiosité désagréable ce partenaire érotique de Léna. Bouleversement. Je ne nourrissais aucune jalousie, mais Léna était devenue pour moi différente, complètement transformée par cet homme, cet étranger si bien introduit dans les replis les plus secrets de cette bouche. Visiblement, ils venaient à peine de se marier, il posait sa main sur la sienne, il la regardait dans les yeux. Comment était-il? Assez grand, plutôt bien bâti, un peu alourdi, assez intelligent, architecte, chargé de la construction d'un hôtel. Il parlait peu, il prenait un radis — mais comment était-il? Comment était-il? Et comment étaient-ils ensemble, tout seuls, que faisait-il avec elle, elle avec lui, l'un avec l'autre?... Pouah, trouver ainsi un homme aux côtés de la femme qui vous intéresse, cela n'a rien de plaisant... mais c'est pis encore lorsqu'un tel homme, avec qui vous n'avez rien de commun, devient aussitôt l'objet de votre curiosité (forcée) et que vous devez deviner ses tendances et ses goûts les plus secrets; il vous faut, malgré votre répugnance, le sentir à travers cette femme. Je ne sais ce que j'aurais préféré : ou que, attirante par elle-même, elle devînt par sa faute à lui repoussante, ou qu'elle se révélât plus attirante à travers l'homme qu'elle avait choisi. Les deux possibilités étaient l'une et l'autre désastreuses!

Ils s'aimaient? D'un amour passionné? Raisonnable? Romantique? Facile? Difficile? Ils ne s'aimaient pas? Ici, à table, en présence de la famille, c'était la tendresse banale d'un jeune couple mais je ne pouvais poursuivre un examen plus détaillé, il fallait épier du regard, recourir à tout un système de manœuvres « à la limite », sans franchir la ligne de démarcation... Le regarder dans les yeux? Mes investigations, passionnées et assez répugnantes, devaient se borner à sa main, posée devant moi sur la table, à proximité de sa main à elle; je voyais cette main longue, soignée, dont les doigts aux ongles courts n'étaient pas déplaisants... J'examinais et je rageais de plus en plus à la pensée qu'il me fallait pénétrer les possibilités érotiques de cette main comme si j'avais été Léna.

Je n'en appris rien. Oui, la main paraissait plutôt convenable, mais que signifie l'apparence, tout dépend de la façon dont il la touche, et je pouvais très bien imaginer par exemple un toucher décent, ou au contraire indécent, ou libertin, brutal, furieux, ou simplement conjugal — et je ne pouvais rien, rien deviner, rien, car pourquoi des mains normales ne se toucheraient-elles pas d'une façon anormale, voire crapuleuse, quelle garantie avait-on? Il était difficile de supposer qu'une main saine, convenable, se laissât aller à de tels écarts? Oui, certes, mais il suffisait d'imaginer qu'elle s'y laisse aller *quand même*, et ce *quand même* aggravait d'autant plus l'indécence. Et si je ne pouvais obtenir aucune certitude au sujet des mains, que dire des personnes qui demeuraient à l'arrière-plan, là où j'avais presque peur de porter mon regard? Et je savais que s'il avait accroché un doigt à son doigt à elle, dans un geste secret, imperceptible, cela aurait pu suffire pour que tous deux atteignissent au suprême dévergondage, bien que lui, Lucien, fût seulement en train de dire qu'il avait apporté des photos, qu'elles étaient très réussies, qu'il nous les montrerait après le dîner...

— Drôle de phénomène! dit Fuchs qui achevait de raconter comment, en venant ici, nous avions trouvé le moineau. Un moineau pendu! Pendre un moineau! C'est vraiment passer les bornes!

— Passer les bornes, oui vraiment, les bornes! approuva Léon avec politesse et, confirmant joyeusement son accord : les bornes, imaginouillez-vous un peu, les bornes, tarara! mais quel sadisme!

— Des voyous! décréta son épouse Bouboule,

de façon brève et nette, en lui enlevant un fil égaré sur sa manche.

Il confirma aussitôt avec plaisir :

— Des voyous.

Sur quoi, Bouboule :

— Il faut toujours que tu contredises!

— Mais non, Mimi, je dis justement que ce sont des voyous.

— Et moi je dis que ce sont des voyous! s'écria-t-elle comme s'il avait dit autre chose.

— Mais oui, des voyous, voilà, c'est ce que je dis.

— Tu ne sais pas ce que tu dis.

Elle rectifia l'ordonnance de sa pochette.

Catherette émergea de la cuisine pour changer les assiettes et sa lèvre déviée, glissante, fuyante, apparut à proximité de la bouche qui se trouvait en face de moi. J'attendais un tel moment avec fièvre, mais je me maîtrisai et me détournai, pour ne pas interférer, pour ne pas m'en mêler, pour que l'expérience fût objective. Une bouche commença aussitôt à « se rapporter » à l'autre, et je voyais en même temps le mari de Léna qui lui parlait, Léon qui se mêlait à la conversation, Catherette qui s'affairait autour de la table et la bouche qui se rapportait à l'autre bouche comme une étoile à une autre étoile, et cette constellation buccale confirmait mes aventures nocturnes, que j'aurais voulu oublier... Cette bouche et cette bouche... d'un côté la hideur d'une déviation latérale fuyante, et de l'autre cette virginité frêle et pure qui se refermait et s'entrouvrait légèrement, que pouvaient-elles avoir de commun? Je sombrai dans une sorte de surprise frémissante : que deux bouches n'ayant rien en commun aient pourtant quelque chose de commun, cela m'étourdissait et surtout me plongeait dans un extraordinaire état de distraction — et le tout était imbibé de nuit, ténébreux, comme baignant encore dans l'hiver.

Lucien s'essuya la bouche avec sa serviette, rangea méthodiquement celle-ci (il avait l'air très honnête et propre, mais cette propreté ne pouvait-elle pas être sale?) et dit, de sa belle voix de baryton, que lui-même, une semaine auparavant à peu près, avait remarqué dans un des sapins au bord de la route un poulet pendu, mais il n'y avait pas fait spécialement attention et, du reste, le poulet avait disparu quelques jours plus tard.

— Quels prodiges! s'étonna Fuchs. Des moineaux qui pendent, des poulets qu'on a pendus, et si cela nous annonçait la fin du monde? A quelle hauteur était pendu ce poulet? Loin de la route?

Il questionnait ainsi parce que Drozdowski ne le supportait pas, parce qu'il détestait Drozdowski, parce qu'il ne savait que faire... Il mangea un radis.

— Des voyous! reprit Bouboule.

Elle arrangea le pain dans sa corbeille avec un geste de bonne ménagère. Elle souffla sur quelques miettes.

— Des petits voyous! C'est plein de gamins qui font tout ce qu'ils veulent.

— Ça oui! approuva Léon.

— Mais le hic, remarqua Fuchs de sa voix blanche, c'est que le moineau et le poulet ont été pendus tous les deux à la hauteur d'une main adulte.

— Quoi? fit Léon. Si ce ne sont pas des voyous, qui est-ce? Vous supposez, vicomte, que ce serait un maniaque? Je n'ai jamais entendu parler de maniaque dans les environs.

Il fredonna tri-li-li et entreprit avec une grande attention de confectionner des boulettes de pain, qu'il disposait en ligne sur la nappe et qu'il contemplait.

Catherette déposa devant Léna le cendrier au treillis de fil de fer. Léna fit tomber sa cendre, je crus revoir sa jambe sur le treillis du lit, mais j'étais distrait, une bouche au-dessus d'une bouche, l'oiseau et son fil de fer, le poulet et le moineau, son mari et elle, la cheminée derrière la gouttière, les lèvres derrière les lèvres, bouche et bouche, arbustes et sentiers, arbres et route, trop de choses, à tort et à travers, vague après vague, abîme de distraction, de dispersion. Distraction. Douloureux égarement. Là-bas, dans un coin, il y avait une bouteille sur l'étagère et l'on voyait une chose collée à son goulot, peut-être un morceau de bouchon...

... Je m'attachai à ce bouchon et me reposai avec lui jusqu'au moment d'aller dormir, sommeil, je dormis, rien les jours suivants, rien, un fatras d'activités, de paroles, d'escaliers qu'on monte et qu'on descend, sauf que j'appris ceci : *primo*, Léna était professeur de langues, elle était mariée avec Lucien depuis deux mois à peine, ils étaient allés sur la Baltique, maintenant ils vivaient ici tant qu'il n'avait pas achevé sa propre maison (cela, c'est Catherette qui me le raconta, torchon en main, de meuble en meuble, convenable, soigneuse); *secundo* (récit de Bouboule), « il faudrait ouvrir encore, et puis recoudre, c'est le chirurgien qui me l'a dit, un vieil ami de Léon, combien de fois je lui ai dit que je paierais pour elle, parce que vous savez, c'est une nièce à moi, elle a beau être une paysanne de Grojec, moi je n'abandonne pas les parents pauvres, et en plus c'est inesthétique, cela offense le sens esthétique, bien sûr, c'est même choquant, que de fois je lui ai dit pendant toutes ces années, parce que ça fait déjà cinq ans, vous savez? Un accident, l'autobus est entré dans un arbre, ça aurait pu être encore pire, combien de fois je lui ai dit « Cathy, ne traîne pas, n'aie pas peur, va voir le chirurgien, fais-toi opérer, quelle mine tu as! Soigne un peu ton aspect », mais quoi, elle traîne, elle a peur, les jours passent, elle me dit tout le temps « oui, ma tante, j'irai », et elle n'y va pas, nous sommes déjà habitués, nous, et c'est seulement quand quelqu'un y fait allusion que ça nous saute aux yeux, mais bien que je sois très sensible à l'esthétique, vous pouvez vous imaginer, il faut turbiner, nettoyer, laver, et ceci et cela pour Léon, et Léna, et pour Lucien, du matin au soir, tantôt une chose et tantôt une autre, alors ça reste en l'air, on n'a pas le temps, peut-être quand Lucien et Léna iront habiter leur maisonnette, alors oui, en tout cas, c'est une chance que Léna ait trouvé un homme comme il faut, oh! qu'il essaie de la rendre malheureuse et je vous jure que je le tuerai, je prendrai un couteau et je le tuerai, mais grâce à Dieu tout va bien jusqu'ici, seulement ils ne font rien par eux-mêmes, ni lui ni elle, tout à fait comme Léon, elle tient ça de son père, moi je dois m'occuper de tout, me souvenir de tout, c'est l'eau chaude, c'est le café, le linge sale, les chaussettes, le repassage, les boutons qui manquent, les mouchoirs, les tartines, le papier, cirer, recoller, eux rien, des escalopes et des salades, jusqu'à la nuit, et avec tout ça les pensionnaires, vous voyez bien ce que c'est, moi je ne dis rien, c'est vrai, ils ont loué, ils paient, mais il faut aussi se rappeler, ceci pour l'un, cela pour l'autre, pour que tout se fasse quand il le faut, une chose après l'autre »...

... Beaucoup d'autres événements vous envahis-

saient, vous absorbaient, et chaque soir, inévitable
comme le coucher du soleil, le dîner, où j'étais assis
en face de Léna avec la bouche de Catherette qui
circulait. Léon fabriquait des boulettes de pain
et les disposait en ligne, très soigneusement, il les
examinait de façon très attentive, après un moment
de réflexion il en prenait une et y enfilait son cure-
dent. Parfois, à la suite d'une méditation prolongée,
il prenait une pincée de sel sur son couteau et en
saupoudrait la boulette tout en regardant curieuse-
ment à travers son binocle.

— Tri-li-li!

— Virginie chérie! Pourquoi ne veux-tu pas
papasser à papapa pipipi du radibusorum?
Donne!

Cela signifiait qu'il demandait à Léna les radis.
On avait du mal à comprendre ce baragouin. « Ma
Virginie chérie, bijou-chou-genou Ginie à papa! »
« Boubouloche, pourquoi est-ce que tu zinzines?
Tu ne vois pas que c'est kiki? » Il ne lui arrivait
pas toujours d' « originaliser en néologisant » : il
commençait parfois de façon délirante et terminait
normalement ou *vice versa*. La rondeur brillante de
sa courge chauve, assortie en dessous d'un visage,
lui-même assorti d'un pince-nez, planait au-dessus
de la table comme un ballon. Il avait souvent des
accès de bonne humeur et se répandait en anec-
dotes : « Sois mimi, Mimiche, tu connais celle de la
bicyclette? Quand un cycle est monté sur une
bicyclette, ça donne une tricyclette, hop là, hourra! »
Bouboule lui arrangeait quelque chose près de
l'oreille ou à son col. Il devenait pensif et tordait
en natte les franges de sa serviette, ou bien enfonçait son cure-dent dans la nappe, pas à n'importe
quels endroits, mais à certains seulement auxquels

il revenait, après une nouvelle méditation, les sourcils froncés.

— Tri-li-li.

Cela m'énervait à cause de Fuchs, parce que je savais que c'était de l'eau versée à son moulin Drozdowski, moulin qui le moulait du matin au soir, lui qui, dans deux semaines, devait inévitablement retourner à son bureau où Drozdowski regarderait le poêle avec une mine de martyr : « Même mon veston suffit à lui donner de l'urticaire, il m'a pris en grippe, que faire, il m'a pris en grippe »... Les manies de Léon venaient au secours de Fuchs, qui les observait de son air pâle, jaune, roux, et cela m'incitait à détester encore davantage mes parents, à rejeter toute cette vie varsovienne, et je restais là, à contrecœur, hostile, examinant la main de Lucien, qui ne m'intéressait en rien, qui m'attirait, qui me repoussait, dont il me fallait analyser les possibilités de contacts érotiques, et je repensais à Bouboule toujours au travail, toujours à laver, à balayer, à raccommoder, à arranger, à repasser, etc., etc., et ainsi de suite... Distraction. Bruissement, tourbillons, je retrouvais mon morceau de bouchon sur la bouteille, je regardais bouchon et goulot peut-être pour ne pas regarder autre chose ; ce bouchon était devenu ma bouée de sauvetage dans l'océan, quoique de cet océan je ne connusse que le bruit, un bruit lointain, trop général et trop universel pour être entendu vraiment. Rien d'autre. Plusieurs journées emplies d'un peu n'importe quoi.

La chaleur persistait. Un été accablant. Les choses traînaient ainsi avec ce mari, ces mains, ces bouches, ce Fuchs, ce Léon, elles traînaient comme sur une route où l'on chemine en pleine chaleur. Le quatrième ou le cinquième jour, mon regard s'égara (ce n'était pas la première fois, du reste) vers le fond de la pièce; je buvais du thé, je fumais une cigarette, mon regard abandonna le bouchon et s'accrocha à un clou du mur, près de l'étagère, et de ce clou je poussai jusqu'à l'armoire, je comptai les moulures, puis, fatigué et somnolent, je m'enfonçai en des endroits moins accessibles, au-dessus de l'armoire, où le papier peint s'effilochait, et j'atteignis le plafond, désert blanc; mais cette ennuyeuse blancheur se transformait un peu plus loin, à proximité de la fenêtre, en une zone plus sombre, rugueuse, gagnée par l'humidité, révélant en une géographie compliquée des continents, des golfes, des îles, des péninsules et d'étranges cercles concentriques qui faisaient penser à des cratères lunaires, et d'autres lignes obliques, fuyantes : cela apparaissait par endroits, maladivement, comme une dartre, tantôt brutal et effréné, tantôt orné au hasard de volutes et d'arabesques, cela respirait une menace infinie, cela se perdait en un lointain vertigineux. Et une série de points dont j'ignorais l'origine : les mouches? Probablement pas. Toute la genèse restait mystérieuse. Fixé, absorbé par ces choses et par mes propres complications, je regardais, je regardais sans effort spécial et cependant avec persévérance, et à la fin ce fut comme si je franchissais un seuil... je me trouvais déjà « de l'autre côté » — je bus une gorgée de thé — Fuchs demanda :

— Qu'est-ce que tu peux bien regarder?

Je n'avais pas envie de parler. La chaleur, le thé. Je répondis :

— Cette ligne, là, dans l'angle, derrière l'île... et cette espèce de triangle... près de l'isthme.

— Eh bien?

— Rien.

— Et. alors qu'y a-t-il?

— Bon...

Au bout d'un moment, je lui demandai :

— Qu'est-ce que ça te rappelle?

— Cette traînée et cette ligne? reprit-il avec intérêt (et je savais pourquoi cet intérêt, je savais que cela le détournait de Drozdowski). Ça? Attends un peu... Un râteau.

— Peut-être un râteau.

Léna se mêla à notre conversation parce que nous nous amusions à des devinettes : jeu de société, peu difficile, qui convenait bien à sa nature timide.

— Comment ça, un râteau? Une flèche!

Fuchs protesta :

— Comment ça, une flèche?

Quelques minutes remplies d'autre chose; Lucien demanda à Léon : « Voulez-vous faire une partie d'échecs? », moi j'avais un ongle cassé qui me gênait, un journal tomba par terre, les chiens aboyèrent derrière la fenêtre (deux jeunes chiens tout petits, amusants, on les lâchait la nuit, il y avait aussi un chat), Léon dit « une seule », Fuchs dit :

— Peut-être une flèche.

— Ça peut être une flèche comme autre chose! remarquai-je, je ramassai le journal, Lucien se leva, un autobus passa sur la route, Bouboule demanda : « Tu as téléphoné? »

II

Je ne peux pas raconter cela... cette histoire...
parce que je raconte *après coup*. La flèche, par
exemple. Cette flèche... Cette flèche, là, pendant
le dîner, n'était pas du tout plus importante que la
partie d'échecs de Léon, le journal ou le thé : tout
se trouvait à un même niveau, tout concourait à
ce même moment, dans une sorte de concert, de
bourdonnement d'essaim. Mais aujourd'hui, *après
coup*, je sais que le plus important était cette flèche,
donc dans mon récit je la mets au premier plan et,
d'une masse de faits indifférenciés, je dégage la
configuration du futur.

Comment ne pas raconter *après coup?* Ainsi il
faudrait penser que rien ne sera jamais exprimé
pour de bon, restitué dans son devenir anonyme,
que personne ne pourra jamais rendre le bredouille-
ment de l'instant qui naît; on se demande pourquoi,
sortis du chaos, nous ne pourrons jamais être en
contact avec lui : à peine avons-nous regardé que
l'ordre naît sous notre regard... et la forme. Peu
importe. Passons. Catherette m'éveillait chaque
matin en m'apportant le petit déjeuner; juste en
sortant du sommeil je percevais au-dessus de moi

son incongruité buccale, ce glissement fuyant plaqué sur un visage rustique aux honnêtes yeux bleus. N'aurait-elle pas pu rester un quart de seconde de moins au-dessus de mon lit? Ne se penchait-elle pas sur moi un fragment de seconde de trop? Peut-être... Peut-être pas... incertitude... éventualité qui pénétrait en moi au souvenir de mes combinaisons nocturnes à son sujet. D'un autre côté, c'était peut-être en toute honnêteté qu'elle restait penchée au-dessus de moi? Moi, j'avais du mal à voir quoi que ce fût. En observant les personnes, on se heurte à plus d'obstacles qu'avec les objets : seuls les objets peuvent être regardés vraiment. En tout cas cette scène où je me trouvais couché au-dessous de sa bouche se gravait en moi chaque matin et persistait toute la journée, assurant cette combinaison buccale à laquelle j'adhérais avec tant de ténacité.

La chaleur n'aidait pas mon travail, ni celui de Fuchs, nous étions fatigués, il s'ennuyait, il s'aigrissait, il devenait un pauvre hère et faisait penser à un chien qui gémit, mais il ne gémissait pas, il s'ennuyait seulement. Le plafond. Un après-midi, nous étions étendus sur nos lits, les stores des fenêtres étaient tirés, l'air bourdonnait de mouches — et sa voix se fit entendre :

— Majziewicz pourrait me prendre avec lui, mais je ne peux pas abandonner ce que j'ai maintenant, je ne peux pas, ça compte pour mon ancienneté, je perdrais un an et demi, inutile de discuter, je ne peux pas... Regarde un peu là-haut, au plafond...

— Quoi?

— Au plafond. Là, à côté du poêle.

— Quoi?

— Qu'est-ce que tu vois?

— Rien.

— Si je pouvais lui donner un coup de pied au cul. Mais je ne peux pas. Et à quoi bon? Ce n'est pas mauvaise volonté de sa part, je lui porte vraiment sur les nerfs, sa mâchoire tombe dès qu'il me voit... Regarde quand même un peu mieux au plafond. Tu ne vois rien?

— Qu'est-ce qu'il y a?

— Quelque chose comme cette flèche que nous avions vue sur le plafond de la salle à manger. En plus net, même.

Je ne répondis pas. Une minute, deux minutes, il reprit :

— *The question*, c'est que ça n'y était pas hier.

Silence. Chaleur. La tête pèse sur l'oreiller. Faiblesse. Mais il continua, comme s'il s'accrochait à ses propres paroles qui flottaient dans la sauce de l'après-midi.

— Ça n'y était pas hier; hier au même endroit il y avait une araignée qui descendait le long de son fil, je la regardais, j'aurais remarqué. Ça n'y était pas hier. Tu vois le trait principal, le corps de la flèche, il n'y était pas; le reste, la pointe, les petites lignes, d'accord, ce sont de vieilles éraflures, mais le corps même de la flèche, le milieu, ça n'y était pas...

Il reprit son souffle, se releva un peu, s'appuya sur un coude, la poussière tourbillonnait dans un rai de soleil passant par une fente du store :

— Le milieu, ça n'y était pas.

J'entendis qu'il se levait lourdement et le vis en caleçon, tête levée, observant le plafond. Je m'étonnai : cette ardeur, ces yeux écarquillés! Ses yeux écarquillés ne se détachaient pas du plafond et il décréta :

— *Fifty-fifty*. Il y a cinquante chances sur cent. Va donc savoir!

Et il revint se coucher, mais je savais que de son lit il continuait à examiner, ce qui m'agaçait.

Au bout d'un moment j'entendis qu'il se relevait et allait encore regarder le plafond. S'il avait pu cesser de s'accrocher, mais il s'accrochait :

— Cette ligne qui va là, au milieu, le corps de la flèche, tu vois... Je sens une odeur, comme si on venait à peine de la tracer, avec un poinçon... Elle se détache du reste. Elle n'y était pas hier, je l'aurais remarquée. Et elle est juste dans la même direction que l'autre, dans la salle à manger.

Je ne bougeai pas.

— Si c'est une flèche, elle signale quelque chose.

Je répondis :

— Et si ce n'est pas une flèche, elle ne signale rien.

Hier, pendant le dîner, en examinant avec ma vilaine curiosité la main de Lucien (encore!), j'avais porté mon regard sur celle de Léna, qui reposait aussi sur la table, et il m'avait semblé alors que cette menotte tremblait, ou se refermait un tout petit peu, je n'en étais pas du tout sûr, mais *fifty-fifty*... Quant à Fuchs, cela me déplaisait, et même m'enrageait, de comprendre que ce qu'il faisait ou disait venait de Drozdowski, de cette incompatibilité, de cette irritation, de cette intolérance... Si moi-même je n'avais pas eu cette histoire à Varsovie avec mes parents... mais l'un s'ajoutait à l'autre, l'un se nourrissait de l'autre. Il recommença à parler.

Il se tenait en caleçon au milieu de la pièce et il parlait. Il proposait que nous allions regarder si la flèche signalait quelque chose : il ne coûtait rien de vérifier, si nous étions sûrs qu'il n'y avait rien, au moins nous serions tranquilles, nous saurions qu'il n'y avait pas de flèche tracée exprès par quelqu'un, mais une simple illusion d'optique, il n'y avait pas d'autre façon de savoir avec certitude s'il s'agissait d'une flèche ou non. Je l'écoutais en silence, je me demandais comment refuser, il n'insistait que faiblement, mais moi aussi j'étais faible et d'ailleurs la faiblesse avait tout envahi. Je lui conseillai de vérifier tout seul s'il en avait tant envie, il se mit à me presser : je lui serais absolument nécessaire pour l'aider à fixer l'orientation exacte parce qu'il fallait sortir, établir la bonne direction dans le corridor, dans le jardin. Pour finir, il déclara : « Mieux vaut être deux. » Et soudain je fus d'accord et je me levai sur-le-champ, parce que la perspective d'un mouvement décidé, tranché, sur une ligne bien définie, me parut plus voluptueuse qu'un verre d'eau fraîche !

Nous enfilâmes nos pantalons.

La chambre fut désormais emplie d'activités raisonnées et précises, mais, comme on les entreprenait par ennui, par désœuvrement, par caprice, elles recelaient une certaine dose d'imbécillité.

La tâche n'était pas facile.

La flèche n'indiquait rien dans notre pièce, cela sautait aux yeux, il fallait donc la prolonger par la pensée à travers le mur, chercher si elle ne se rapportait pas à quelque chose dans le corridor et, dans la négative, la prolonger jusqu'au jardin. Cela exigeait des manœuvres assez compliquées que Fuchs, à la vérité, n'aurait pu accomplir sans ma collaboration. Je descendis dans le jardin en prenant dans l'entrée un râteau dont le manche indiquerait sur le gazon une ligne correspondant à celle que mon compagnon

matérialisait, par la petite fenêtre de la cage
d'escalier, avec le manche d'un balai-brosse.

On approchait de cinq heures. Gravier chaud de
soleil, herbe desséchée autour des arbustes sans
ombre — cela en bas; et en haut, blanches voûtes
de gros nuages ronds roulant dans un bleu impi-
toyable. La maison regardait par ses deux rangées de
fenêtres, celles du rez-de-chaussée et celles de l'étage,
les vitres brillaient...

L'une de ces vitres ne me regardait-elle pas d'un
regard humain? Ils faisaient encore leur sieste, à
en juger par le silence, mais il n'était pas exclu que,
derrière cette vitre, quelqu'un nous observât (Léon,
Bouboule, Catherette?) et l'on pouvait alors penser
que ce quelqu'un était celui qui s'était glissé dans
notre chambre, sans aucun doute dans la matinée,
et avait creusé cette ligne pour faire une flèche...
Pourquoi? Par moquerie? Par provocation? Pour
laisser entendre quelque chose? Non, c'était
absurde. Oui, mais justement cette absurdité était
comme une lame à deux tranchants; Fuchs et moi
prenions l'un des tranchants et agissions d'une
façon qui n'était nullement absurde, de sorte que
moi, occupé à de si laborieuses manœuvres, je
devais, si je ne voulais pas renier mes actes, compter
avec la possibilité que quelqu'un nous regardât,
embusqué derrière ces vitres dont l'éclat fatiguait
et aveuglait.

J'y veillais donc. Et le regard de Fuchs, qui m'observait d'en haut, m'aidait. J'avançai avec prudence pour ne pas éveiller de soupçons, je ratissai
un peu le gazon, puis, comme si j'étais épuisé par la
chaleur, je jetai mon instrument et, du pied, le
poussai imperceptiblement pour lui donner l'orientation voulue. Ces précautions conféraient à ma

collaboration avec Fuchs plus d'intensité que je ne le souhaitais, je devenais presque son esclave. Enfin, nous pûmes établir la direction de la flèche : la ligne menait derrière la cabane aux outils, près du mur d'enceinte, là où se terminait le terrain qui, semé de gravats et de briques, faisait suite au jardinet. Nous allâmes dans cette direction, lentement, en nous écartant peu à peu comme si nous étions occupés à examiner les fleurs ou les plantes, en bavardant, en faisant parfois de grands gestes, et en regardant avec attention si quelque détail significatif ne se manifestait point. De plate-bande en plate-bande, de caillou en bout de bois, les yeux baissés, l'esprit absorbé par cette terre cendrée, jaunâtre, couleur de rouille, ennuyeuse, compliquée, endormie, monotone, vide, mais dure.

J'essuyais la sueur de mon visage. Tout cela était du temps perdu !

Nous arrivâmes à proximité du mur... Mais là nous dûmes nous arrêter, embarrassés... il semblait difficile, il semblait excessif de venir à bout des dix derniers pas ! Jusqu'alors notre marche dans le jardin, sous le regard des vitres, avait été assez facile, trente ou quarante mètres en terrain plat, bien que compliquée par une sorte de difficulté secrète qui en faisait l'équivalent d'une ascension — or maintenant la difficulté de cette ascension, de plus en plus verticale et vertigineuse, s'était encore nettement accrue, comme à l'approche d'un sommet. Quelle altitude ! Fuchs s'accroupit, feignant d'examiner un vermisseau et ainsi, à croupetons, il parvint jusqu'au mur ; moi, je fis un mouvement tournant pour opérer ma jonction avec lui. Nous fûmes tous deux auprès du mur, tout en haut, dans l'angle que formait la cabane.

La chaleur. Des herbes plus luxuriantes, que la brise balance, par terre un scarabée chemine, au pied du mur une fiente d'oiseau — la chaleur, mais différente, et l'odeur aussi est différente, on dirait de l'urine, une sensation de lointain m'envahit, c'est comme si nous avions marché pendant des mois... un endroit à mille lieues, au bout du monde — il y eut un relent de pourriture tiède : non loin de là se trouvait un tas d'ordures, les pluies avaient creusé près du mur une petite rigole — des tiges, des plantes, des gravats — des pierres, des mottes — des choses jaunâtres... Encore la chaleur, bizarre, inconnue... Oui, oui... ce recoin qui vivait d'une vie à part se rattachait au fourré de là-bas, frais et sombre — avec son moineau — et par le seul fait de la distance un lieu se refléta dans l'autre — et ce fut comme si notre quête ici se ranimait.

Tâche difficile — même s'il pouvait y avoir ici, cachée quelque part, la chose que signalait la flèche dessinée là-bas, au plafond de notre chambre, comment la découvrir dans ce fouillis, au milieu des mauvaises herbes, des menus déchets, des ordures dont la quantité excédait tout ce qui pouvait se passer sur les murs ou les plafonds? Une profusion écrasante de relations, de liens... Combien de phrases peut-on créer avec les vingt-six lettres de l'alphabet? Combien de significations pouvait-on tirer de ces centaines d'herbes, de mottes, et autres détails? Le mur et les planches de la cabane déversaient également des combinaisons infinies. J'en eus assez. Je me redressai pour regarder la maison et le jardin. Ces grandes formes synthétiques, ces mastodontes de l'univers des objets reconstituaient un ordre, et je me reposai. Rentrer. J'allais le dire à Fuchs, mais son visage m'arrêta. Il fixait un point précis.

Un peu plus haut que nos têtes, le mur ébréché comportait une sorte de niche faite de trois cavités successives, de plus en plus petites, et dans l'une d'elles quelque chose pendait. Un bout de bois. Une minuscule baguette de deux centimètres. Cela pendait au bout d'un fil blanc, guère plus long. Qui était accroché à un fragment de brique.

Rien d'autre. Nous cherchâmes encore une fois tout autour. Rien. Je me retournai et regardai la maison dont les fenêtres brillaient. Déjà soufflait une brise plus fraîche, annonçant le soir, ranimant les feuilles et les herbes qu'une chaleur torride avait figées. Je vis frémir les petits feuillages des arbustes alignés, étayés par des tuteurs peints à la chaux.

Nous revînmes dans notre chambre.

Il se jeta sur son lit.

— Quoi qu'il en soit, la flèche conduisait à quelque chose! déclara-t-il avec prudence.

Sur quoi je grognai avec une prudence égale :

— A quoi, d'après toi?

En fait, il était difficile de prétendre l'ignorer : le moineau pendu — le bout de bois pendu — cette pendaison-ci sur le mur qui répétait cette pendaison-là dans le fourré — étrange suite grâce à laquelle le moineau prenait de plus en plus d'importance (ce qui révélait à quel point nous avions la chose à cœur tout en feignant de ne pas y penser). Le bout de bois et le moineau, le moineau renforcé par le bout de bois! Il était difficile de ne pas imaginer que quelqu'un, par cette flèche, nous avait conduits au bout de bois pour établir un lien avec le moineau... Pourquoi? Dans quelle intention? Une plaisanterie? Une blague? Quelqu'un nous jouait un mauvais tour, se moquait de nous, s'amusait... je me sentais embarrassé, et lui aussi, et cela nous rendait prudents.

— Je parierais bien cent sous que l'un d'eux essaie de nous avoir.

— Qui?

— L'un d'eux... l'un de ceux qui étaient là quand j'ai parlé du moineau et quand nous avons trouvé une flèche au plafond de la salle à manger. C'est lui qui a dessiné dans notre chambre une autre flèche, qui conduit à quoi? A ce bout de bois pendu par un fil. C'est un mauvais tour. On se moque des arrivants.

Pourtant cette histoire ne tenait pas debout. Qui aurait eu le goût de plaisanteries si compliquées? A quelle fin? Qui pouvait prévoir que nous découvririons cette flèche et lui accorderions un tel intérêt? Non, ce n'était qu'un hasard, cette concordance, légère du reste, entre le bout de bois pendu à un fil de laine et le moineau pendu à un fil de fer. D'accord, un bout de bois accroché à un fil, cela ne se voit pas tous les jours... mais après tout, celui-là pouvait pendre pour mille raisons n'ayant rien de commun avec le moineau, nous avions exagéré son importance parce qu'il nous était apparu juste à la fin de nos recherches comme un résultat, en fait ce n'était pas un résultat du tout, c'était simplement un bout de bois pendu à un fil... Donc, un hasard? Oui... mais une certaine tendance à la symétrie, une sorte de signal confus se laissaient deviner dans cette série d'événements : le moineau pendu — le poulet pendu — la flèche dans la salle à manger — la flèche dans notre chambre — le bout de bois pendu à un fil — dans tout cela transparaissait l'effort vers une signification, tout comme dans les charades où les lettres commencent à s'arranger ensemble pour essayer de former un mot. Quel mot? Oui, il semblait bien que tout voulait s'ordonner vers la pensée... vers une certaine pensée... Laquelle?

Quelle pensée? De qui? Si c'était une pensée, il fallait qu'il y eût quelqu'un derrière, mais qui? Qui en aurait eu envie? Et si... et si c'était Fuchs qui m'avait joué un tour, que sais-je, par ennui...? Mais non! Fuchs? Faire tant d'efforts pour une plaisanterie aussi stupide? Non, cela non plus ne tenait pas debout. Donc un hasard? J'aurais peut-être fini par admettre que c'était un pur hasard s'il n'y avait eu une autre anomalie qui tendait à s'accrocher à cette affaire anormale, si cette singularité du bout de bois n'avait pas été appuyée par une autre singularité dont je préférais ne pas parler à Fuchs.

— Catherette.

Lui aussi avait découvert au moins un visage du sphinx. Il était assis sur son lit, baissant la tête, balançant lentement ses jambes.

— Quoi donc? demandai-je.

— Quand on a un museau trafiqué comme ça... dit-il, pensif. Sur quoi il ajouta d'un air rusé :

— On est comme on est!

Cela dut lui plaire car il répéta avec conviction :

— Moi je te le dis et tu peux me croire : on est comme on est.

En effet... la lèvre et le bout de bois, tout comme la lèvre et le moineau, semblaient à première vue apparentés, ne fût-ce que par le caractère si insolite de cette lèvre, mais après? Supposer que Catherette

51

se soit amusée à des intrigues si raffinées? Absurde. Et cependant il existait une sorte de parenté... et ces parentés, ces associations, s'ouvraient devant moi comme un trou sombre — sombre, mais attirant, absorbant, parce que derrière la lèvre de Catherette transparaissait l'ouverture-fermeture de Léna... j'éprouvai même un choc, car en définitive ce bout de bois qui se référait au moineau dans les buissons était le premier signe (oh, faible, vague) qui, dans le monde objectif, confirmait en quelque sorte mes rêveries sur la bouche de Léna « se référant » à celle de Catherette : analogie mince, fantasque, mais il s'agissait en fait d'un « rapport » en lui-même, base d'un certain ordre. Fuchs savait-il quelque chose de cette relation ou association buccale entre Léna et Catherette, avait-il aperçu un élément de ce genre, ou cela ne venait-il que de moi-même? Pour rien au monde je ne lui aurais demandé. Pas seulement par pudeur. Pour rien au monde je n'aurais livré cette affaire à sa voix et à ses yeux saillants qui exaspéraient Drozdowski; cela m'affaiblissait, m'étouffait, me torturait qu'il soit là avec son Drozdowski et moi avec mes parents, je ne voulais de lui ni comme confident, ni comme collègue! Je ne voulais pas, non, et ce « non » était le mot clef de nos rapports. Non et non. Et cependant, cela me stimulait de l'avoir entendu dire « Catherette ». J'étais presque heureux qu'un autre que moi ait vu la possibilité de traits communs entre la lèvre, le bout de bois et l'oiseau.

— Catherette... dit-il avec lenteur, en réfléchissant. Catherette...

Mais on voyait déjà qu'après une courte euphorie son regard reprenait sa pâleur atone, Drozdowski réapparaissait à son horizon et c'était seulement pour tuer le temps qu'il déroulait des arguments maladroits :

— Moi, j'ai tout de suite pensé que sa... ce qu'elle a à la bouche, ça me semblait... mais... d'un autre côté... comme ci comme ça. Qu'est-ce que tu en penses?

III

Tout cela était menu, insaisissable, et il fallait faire machine arrière, je me remis à mes cahiers, mais la distraction ne me quittait pas et augmentait à mesure que tombait le soir, la clarté de notre lampe s'effaçait derrière le crépuscule de cet endroit, là-bas, au bout du jardin. J'échafaudais une nouvelle hypothèse. Qui pouvait affirmer que, en plus de la flèche que nous avions découverte, d'autres signes ne se cachaient pas sur les murs, ou ailleurs, par exemple dans la combinaison de la tache au-dessus du lavabo avec le piquet sur l'armoire, dans les éraflures du parquet ? Pour un seul signe déchiffré par hasard, combien pouvait-il y avoir de signes non remarqués, fondus dans l'ordre naturel des choses ? A intervalles réguliers, mon regard se détachait des papiers et se perdait dans le fond de notre chambre (en cachette de Fuchs, dont les yeux, sans doute, s'égaraient aussi). Mais moi, je ne me frappais pas trop : le caractère énigmatique, fantastique, de cette histoire de bout de bois, sans cesse défaite, ne menait qu'à des conséquences tout aussi inconsistantes.

En tout cas, la réalité environnante était désormais comme contaminée par cette possibilité de significations multiples et cela me détournait, cela me détournait sans arrêt de tout le reste, et n'était-il pas comique qu'un simple bout de bois pût à ce point m'émouvoir? Au dîner, inévitable comme le coucher du soleil, je retrouvais Léna devant moi. Avant de descendre à la salle à manger, Fuchs avait remarqué qu'il ne valait pas la peine « de parler de tout ça », et avec raison : la discrétion était de rigueur si nous ne voulions pas qu'on nous prît pour une paire de nigauds ou de maniaques. Donc le dîner. Léon, en dévorant des radis, racontait comment, il y avait bien des années, le directeur Krysinski, son chef à la banque, lui avait appris ce qu'il appelait l'art de la « voltige » ou du « contraste », que, d'après lui, devait connaître sur le bout des ongles tout fonctionnaire candidat à un haut poste.

Il imitait la voix gutturale, étouffée, de feu le directeur Krysinski : « Léon, fais attention à ce que je dis, prends bien garde, c'est une question de voltige, tu comprends? Si tu es obligé, je prends un exemple, de réprimander un employé, que dois-tu faire en même temps? Eh bien, naturellement, mon vieux, tu sors ton étui et tu lui offres une cigarette. Pour le contraste, tu comprends, pour la voltige. S'il convient que tu te montres dur, désagréable, avec un client, il faut aussi que tu souries, sinon à lui, du moins à la secrétaire. Sans ce genre de voltige, tu le verrais se fermer, se figer. Et au contraire si tu es doux avec un client, lâche de temps en temps un petit mot grossier pour le faire sortir de son engourdissement, parce que, s'il se durcit et s'engourdit, qu'est-ce que tu en retireras? »

— Eh bien, Messieurs... poursuivait-il, la serviette

nouée sous le menton et le doigt tendu, eh bien un jour voilà que le président de la banque débarque pour une inspection; moi j'étais directeur de la succursale, je le reçois fastueusement, avec tous les honneurs, mais pendant le déjeuner je trébuche et renverse sur lui une demi-carafe de vin rouge. Alors lui : « Je vois que vous avez été formé à l'école du directeur Krysinski! »

Il rit en coupant la queue d'un radis, en le beurrant, en le salant, et, avant de le fourrer dans sa bouche, l'examina un instant avec attention.

— Hé! Ah... Ah! la banque, je pourrais en parler pendant un an, c'est difficile à exprimer, à sortir, dès que je me mets à y penser, je ne sais plus à quoi m'accrocher, il y en a tant, tant, tant de jours, d'heures, mon Dieu, mon bon Dieu, mon grand bon Dieu, tant de mois, d'années, de secondes, on se battait, on se bouffait le nez avec la secrétaire du président, une idiote, Dieu tout-puissant, et avec ça elle mouchardait, une fois elle a couru dire au directeur que j'avais craché dans la corbeille à papiers, moi je lui dis « Est-ce que vous êtes folle? »... Mais que dire, beaucoup à dire, trop à dire, de quelle façon et pourquoi on en était venu à ce crachat, et qui et quoi, et comment ça s'était accumulé pendant des mois, des années... Qui pourrait se rappeler? A quoi bon parlerzibus à l'infinibus tsoin-tsoin?

Il se figea dans sa méditation et ajouta dans un murmure :

— Et quelle blouse avait-elle à ce moment-là? Je ne peux absolument pas me... Laquelle? Celle avec des broderies?

Il mit un terme à sa rêverie et lança allégrement à Bouboule :

— Bouboulette, ça va bien, comme ci comme ça, bouboubou Boubouloche!

— Ton col se relève, dit Bouboule, qui posa le pot qu'elle tenait à la main et se mit à arranger le col.

— Trente-sept années de vie conjugale, mes jeunes Messieurs, ce qui est passé est passé, mais le souvenirama de Boubou, dou-dou, nous deux sur la Vistule, « elle coule, coule, coule », et voilà qu'il pleut, ah là là, tout ça, combien d'années, des bonbons, ouh, j'avais acheté des bonbons, avec le concierge, le con-cierge, et le toit était percé, hé, la petite mère, combien d'années, dans le petit café, mais quel café, c'est parti, c'est fini, n-i-ni, fuuuuit, fuuuit! Ça ne peut pas se recoller... Trente-sept ans! Ah là là!

La mine réjouie, il se tut, puis se referma, il étendit la main, saisit le pain et se mit à fabriquer une boulette, la regarda, se calma, fredonna tri-li-li.

Il coupa un morceau de pain, le trancha pour le rendre carré, le recouvrit de beurre, égalisa le beure, tapota avec son couteau, examina, versa du sel, mit le tout dans sa bouche, et mangea. Et il parut ensuite constater qu'il l'avait mangé. Je regardais la flèche qui, au plafond, était maintenant brouillée et floue; ça, une flèche? Comment avions-nous pu voir une flèche là-haut?! Je regardais aussi la table, la nappe, il faut avouer que les possibilités de regards sont en nombre limité — et la main de Léna qui reposait sur cette nappe, détendue, petite, ambrée, tièdement fraîche, rattachée par le poignet à la blancheur du bras (que j'imaginais plutôt car mon regard ne montait pas si haut), donc cette main était paisible et inactive, mais en observant de plus près on découvrait en elle des frémissements, par exemple la peau frémissait à la base de l'annulaire, ou bien deux doigts, l'annulaire et le médius, se touchaient, mouvements embryonnaires mais qui devenaient un mouvement véritable, contact de l'index avec la nappe, passage de l'ongle sur un pli... C'était si éloigné de Léna elle-même que je percevais celle-ci comme un grand État plein de mouvements internes, incontrôlés, justiciables sans doute de la statistique... L'un de ces mouvements consistait à refermer lentement la main, à replier paresseusement les doigts, mouvement fugitif, pudique... il m'avait déjà frappé auparavant... était-il vraiment sans aucune relation avec moi ? Qui pouvait le savoir ? Il était curieux que cela se passât en général à l'instant où elle baissait les yeux (que je ne voyais presque jamais), pas une fois elle ne leva les yeux dans ces moments-là. La main de son mari, cette abomination érotiquement non érotique, cette chose bizarre chargée d'érotisme « à travers » Léna, en liaison avec la menotte de celle-ci, cette main qui, d'ailleurs, se présentait convenablement... à cet endroit, elle aussi, sur la nappe, à proximité... Et, bien entendu, les repliements de sa main à elle *pouvaient* se rapporter à sa main à lui, mais ils *pouvaient* aussi rester un tout petit peu en relation avec les regards que je lançais de mes yeux mi-clos, quoique cette possibilité fût, il fallait en convenir, presque nulle, une chance sur un million, mais cette hypothèse, en dépit de son insigne faiblesse, était explosive comme l'étincelle qui allume un incendie ou le souffle qui provoque une trombe ! Car cette femme, qui sait ? *pouvait* aller jusqu'à haïr cet homme, que je ne voulais pas observer parce que j'avais peur, j'errais à sa périphérie et il était je ne savais quoi, tout comme elle... Si par exemple il se révélait que, aux côtés de son mari, elle s'adonnait à des resserrements sous mon regard, mais oui, il était possible qu'elle fût ainsi, ce péché pouvait se greffer sur son innocence et sa naïveté, lesquelles deviendraient en ce cas une perversion suprême. Sauvage puissance d'une pensée fragile! Souffle explosif! On était en plein milieu du dîner, Lucien se souvint de quelque chose et sortit son carnet, Fuchs nous rasait, il disait à Léon « alors elle était si garce » ou « ah oui, tant d'années dans la banque... » et Léon, le sourcil froncé, avec sa tête de chauve à binocle, racontait en détail comment, quand et pourquoi, « mais imaginez-vous *un poquito* »... « Non, parce qu'elle ne se servait pas de ce carbone... » « il y avait un plateau, là... » et Fuchs écoutait à seule fin de ne pas penser à Drozdowski. Moi je pensais « et si c'est à cause de moi que sa main se referme » et je savais que cette pensée était sans valeur, mais que se passe-t-il, un élan, une secousse, un cataclysme, Bouboule, en un sursaut de sa masse grasse, fait un plongeon sous la table, la voilà dessous, pendant un moment la table et Bouboule sont en folie... qu'est-ce que c'est? C'était le chat. Elle retira le chat qui avait une souris dans la gueule.

Après les divers gonflements, bouillonnements, jaillissements de paroles qui écumaient en cataracte, la rivière bruyante, mouvante, de nos présences revint dans son lit, le chat fut mis dehors, de nouveau la table, la nappe, la lampe, les verres, Bouboule lisse les rugosités d'une serviette, Léon annonce en levant le doigt l'approche d'une plaisanterie, Fuchs a remué, la porte s'ouvre : Catherette. Bouboule dit à Léna « passe-moi un peu le saladier », rien, tout, personne, paix, et moi je recommence : « Elle l'aime elle le hait, désenchantée enchantée heureuse malheureuse »... elle *pouvait* être tout cela à la fois, mais plus probablement elle n'était rien de tout cela, et pour la simple raison que sa petite main était trop petite, ce n'était pas une main mais seulement une menotte, elle ne pouvait rien être, elle était... elle était... puissante par ses effets, mais nulle en elle-même... brouillard... brouillard... brouillard... allumettes, lunettes, bouton-pression, corbeille à pain, oignon, pain d'épices... pain d'épices... pourquoi faut-il que je l'observe seulement de côté, par en dessous, vers les mains, les manches, les bras, le cou, toujours à la périphérie, et ne la regarde en face que de temps en temps, aux grandes occasions, quand un prétexte se présente, comment savoir quelque chose dans ces conditions, mais si je pouvais regarder à mon aise, je n'en saurais pas davantage... ha, ha, ha! rires, et moi aussi je ris, une anecdote, une anecdote de Léon, Bouboule piaule, Fuchs hoquette, Léon, le doigt tendu, s'écrie « parole d'honneur! »... elle aussi rit, mais c'est seulement pour orner de son rire le rire général, tout cela c'est seulement... pour orner... mais si je pouvais regarder à mon aise, je ne saurais rien d'elle non plus, non, je ne saurais rien, car entre eux il est possible qu'il y ait n'importe quoi...

— Je voudrais du fil et un bout de bois.

Qu'est-ce que c'est encore? Fuchs me parle. Je réponds :

— Pour quoi faire?

— J'ai oublié mon compas, sapristi, et il faut que je dessine un cercle, j'en ai besoin pour mes calculs. Si j'avais un fil et un bout de bois, ça suffirait... Un petit bout de bois et un petit peu de fil.

Lucien, poli : « Je crois que j'ai un compas en haut,

si je peux vous être utile »..., Fuchs remercie, oui, ah ah, je comprends, c'est un malin, ah ah...

C'était pour avertir en secret notre éventuel plaisantin que nous avions remarqué la flèche à notre plafond et découvert le bout de bois pendu à un fil. C'était à tout hasard, si quelqu'un s'amusait vraiment à nous intriguer par des signes, il saurait que nous les avions perçus... et que nous attendions la suite. Une chance minime, mais qu'en coûtait-il à Fuchs de prononcer ces quelques paroles? Je les vis tous, soudain, à la lumière de cette possibilité : celle d'un coupable parmi eux, et en même temps le bout de bois et l'oiseau réapparurent, l'oiseau dans le fourré, le bout de bois à l'extrémité du jardin, dans sa petite grotte. Je me sentais entre l'un et l'autre comme entre deux pôles et notre réunion ici, à table, sous la lampe, m'apparut avec une signification particulière, « par rapport » à l'oiseau et au bout de bois — ce qui ne me déplaisait pas car cette singularité frayait la voie à une autre qui me torturait en me fascinant. Grand Dieu! S'il y avait le bout de bois, s'il y avait l'oiseau, alors je saurais un jour ce qu'il en est des bouches. (Pourquoi? comment? Absurde!)

La concentration amenait la distraction, ce que j'acceptais aussi, cela me permettait d'être à la fois ici et ailleurs, cela favorisait un relâchement... En voyant la perversion de Catherette monter, puis tourner ici et là, tantôt plus près, tantôt plus loin, au-dessus de Léna, derrière Léna, je l'accueillis avec une sorte de « aaah! » intérieur et étouffé, comme un homme qui s'étrangle. De nouveau, davantage, la déviation presque imperceptible de ses lèvres un peu abîmées se rattachait pour moi — obstinément! — à la petite bouche normale et charmante de mon vis-à-vis et cette combinaison, qui s'affaiblissait ou se renforçait selon la configuration, conduisait à des contradictions comme une virginité débauchée, une timidité brutale, une honte cynique, une chaleur froide, une ivresse sobre...

— Vous ne comprenez pas cela, père?

— Quoi? Qu'est-ce que je ne comprends pas?

— L'organisation.

— Quelle organisation? Qu'est-ce que c'est que cette organisation?

— L'organisation rationnelle de la société et du monde.

Léon attaquait Lucien, par-dessus la table, avec sa calvitie.

— Qu'est-ce que tu veux organiser? Comment organiser?

— Scientifiquement.

— Scientifiquement!

Ses yeux, son binocle, ses rides, son crâne éclataient de commisération. Sa voix devint un murmure.

— Mon petit, demanda-t-il en confidence, tu ne serais pas tombé sur la tête? Organiser! Alors comme ça tu imagines, tu cuisines, que crac! un-deux-trois, tu n'auras qu'à allonger le bras pour mettre le monde dans ta poche, oui?

Et il dansait devant lui en courbant les doigts comme des griffes, puis il ouvrit la main et souffla dessus :

— Phuuiiit! Puff! Parti. Fffuiii, pan pan pan, po-po-po, hé... tu comprends... pa-pa-pa, et qu'est-ce que tu veux, et qu'est-ce que tu fais, qu'est-ce que tu... de quoi te...? Parti. Fini. N'a plus.

Il se plongea dans la contemplation du saladier.

— Je ne peux pas discuter de cela avec vous.

— Non? Bon! Pourquoi?

— Parce que vous manquez de préparation.

— Quelle préparation?

— Scientifique...

— Scientificaillon! dit-il avec lenteur. Confie-moi, je t'en prie, confie à mon sein virginal et immaculé comment, avec ta préparation scientifique, tu vas or-ga-ni-ser, sur quel modèle, dis-moi, comment, comment tu iras comme ça avec ça et vers quoi, dis-moi comment et avec quoi, pourquoi, à quoi et où, comment toi, dis-moi, ceci avec ceci, cela avec cela, ça avec ça, à cause de quoi, comment...

Il s'embourba et le regarda, muet, et Lucien se servit de quelques pommes de terre, ce qui tira Léon de son mutisme.

— Qu'est-ce que tu peux savoir? explosa-t-il, amer. Les études, les études! Moi j'ai pas étudié, mais j'ai pensé pendant des années... je pense, je pense... depuis que j'ai quitté la banque je ne fais rien d'autre que penser, ma tête éclate, et toi qu'est-ce que tu veux? Qu'est-ce que tu... Qu'est-ce qui te... laisse-moi tranquille va, laisse-moi tranquille!

Mais Lucien dévora une feuille de salade et Léon se calma, tout s'apaisa, Catherette refermait le buffet, Fuchs demanda combien marquait le thermomètre, oh quelle chaleur, Bouboule passa les couverts à Catherette, le roi de Suède, la péninsule scandinave, et aussitôt après, la tuberculose, les piqûres. La table était maintenant beaucoup plus dégagée, elle ne portait plus que des tasses à café, ou à thé, la corbeille à pain et quelques serviettes déjà pliées, seule celle de Léon ne l'était pas encore. Je buvais du thé, somnolence, personne ne bougeait, on s'installait avec plus de liberté sur les chaises qu'on avait un peu reculées, Léon s'empara d'un journal. Bouboule se figea. De temps en temps il lui arrivait de se figer ainsi, vide, sans expression, pour se réveiller d'un sursaut aussi soudain que le bruit d'une pierre tombant dans l'eau. Léon avait sur la main une verrue avec quelques poils, il l'examina, il prit un cure-dent et le manœuvra contre ces poils, il examina encore, il jeta un peu de sel sur les poils et il continua à regarder. Il eut un sourire. Tri-li-li.

La main de Léna apparut sur la nappe, près de sa tasse. Grande mêlée d'événements, de petits faits ininterrompus, comme un coassement de grenouilles dans un étang, essaim de moustiques, essaim d'étoiles, nuage qui m'enfermait, qui m'effaçait, qui m'emportait dans sa course, plafond plein d'archipels et de péninsules, de points et de coulées jusqu'à l'ennuyeuse blancheur au-dessus du store... richesse de menus détails un peu semblables à ceux qui nous intéressaient, Fuchs et moi, à nos mottes de terre, à nos bouts de bois, etc., et cela se rattachait peut-être aussi aux menus détails de Léon... Que sais-je? Peut-être ne pensais-je ainsi que parce que de tels détails m'attiraient, m'éparpillaient... Oh, je me sentais si éparpillé!

Catherette poussa le cendrier vers Léna.

Je fus frappé par cette bouche, ce glissement laid et froid, pan! dans la bouche, chut! assez! le treillis et la jambe, arrondis, tordus, et silence, silence, trou noir, rien... et dans ce chaos, dans cette mixture (Catherette s'étant retirée), voici une constellation de bouches qui brille, irrésistible, qui s'illumine. Et sans le moindre doute, une bouche se rapporte à une autre bouche!

Je baissai les yeux, je ne vis plus, de nouveau,

qu'une petite main sur la nappe, double bouche à doubles lèvres, dédoublée, innocemment corrompue, pure et glissante, je collai mes yeux à cette main, haletant, sur quoi la table grouilla de mains, quoi donc, la main de Léon, la main de Fuchs, les mains de Bouboule, les mains de Lucien, tant de mains dans l'air... c'était une guêpe! Une guêpe avait pénétré dans la pièce. Elle repartit. Les mains se calmèrent. La vague est retombée, le calme revient, moi je réfléchis à toutes ces mains, Léon parle et dit à Léna : « Multiple aventure. »

— Multiple aventure, donne un peu à papa du phosphore inflammable! (des allumettes).

Il l'appelait « multiple aventure » ou « bri-bri cabri » ou « bijou-chou-joujou » ou autrement encore. Bouboule prépare une infusion, Lucien lit, Fuchs finit son thé, Lucien pose son journal, Léon regarde, moi je pense « voyons, si les mains grouillaient, bouillonnaient, c'était à cause de la guêpe, ou c'était à cause de cette main sur la table? » Certes, sur le plan formel, il était hors de doute que ces mains avaient grouillé à cause de la guêpe... mais qui pouvait parier que la guêpe n'avait pas été un simple prétexte pour cette levée de mains en liaison avec celle de Léna... Un double sens... et cette dualité se rattachait peut-être (qui pouvait savoir?) à la dualité des bouches de Catherette et de Léna... à la dualité moineau-bout de bois. J'errais. Je me promenais à la périphérie. Sous la lumière de la lampe, l'obscurité de ces buissons au-delà de la route. Dormir. Le bouchon sur sa bouteille. Ce morceau de bouchon, collé au goulot de cette bouteille, se détache, se porte en avant...

IV

Le jour suivant se montra distrait, sec et brillant, plein d'éclat, on ne pouvait pas se concentrer, dans le bleu du ciel se détachaient de petits nuages arrondis, potelés et immaculés. Je me plongeai dans mes cours : après les excès de la veille, je sentais prévaloir en moi la sévérité, l'horreur des excentricités, l'ascèse. Aller revoir le bout de bois ? Regarder s'il n'y avait pas quelque chose de nouveau, surtout depuis que Fuchs avait fait savoir discrètement, pendant le dîner, que nous avions découvert ce bout de bois et son fil ?... J'en étais empêché par le dégoût que m'inspirait cette histoire, vaguement anormale comme le produit d'une fausse couche. La tête entre les mains, je bûchais — d'ailleurs, je savais que Fuchs irait à ma place voir le bout de bois. Il n'essayait pas de m'en parler, car le sujet était épuisé pour nous, mais je savais que son vide intérieur le conduirait là-bas, jusqu'au mur. Je me penchais sur mes papiers tandis qu'il s'agitait dans la pièce, et finalement il partit. Il revint, nous prîmes comme d'habitude le déjeuner (apporté par Catherette) dans notre chambre, mais il ne parla de rien... jusque vers quatre heures, après la sieste. De son lit il déclara :

— Viens, je vais te montrer quelque chose.

Je ne répondis pas. J'avais envie de l'humilier et l'absence de réponse était la réponse la mieux appropriée. Humilié donc, il se tut, il n'osa pas insister, mais les minutes passaient, je commençai à me raser, à la fin je demandai :

— Il y a du nouveau?

Il répondit :

— Oui et non.

Quand j'eus fini de me raser, il dit :

— Allons, viens, je vais te montrer.

Nous sortîmes en observant les précautions habituelles à l'égard de la maison qui regardait toujours de toutes ses vitres, et nous parvînmes au bout de bois. On sentait la chaleur du mur et une odeur de pisse ou de pommes, juste à côté, une rigole et des brindilles jaunes... Éloignement, détachement, vie à part dans un silence torride et bourdonnant. Le bout de bois, tel que nous l'avions laissé, pendait à son fil.

— Regarde bien! dit-il en montrant un tas de vieilleries derrière la porte ouverte de la cabane. Tu vois?

— Rien.

— Rien?

— Rien.

— Rien du tout?

— Rien.

Planté devant moi, ennuyé, il m'ennuyait.

— Regarde ce timon.

— Eh bien?

— Tu l'avais remarqué hier?

— Peut-être.

— Est-ce qu'il était exactement comme ça?

Est-ce qu'il n'a pas changé de position depuis hier?

Il m'ennuyait et ne se faisait pas d'illusion à ce sujet; exhalant tout le fatalisme d'un homme qui ne peut pas ne pas ennuyer, il se tenait au pied du mur et tout cela était stérile au possible, vain. Il insistait : « Rappelle-toi », mais je savais qu'il insistait par ennui, ce qui m'ennuyait. Une fourmi jaune progressait le long du timon brisé. Au sommet du mur, les tiges de je ne sais quelle plante formaient dans l'espace un dessin très pur. Je ne me rappelais pas, comment aurais-je pu me rappeler? le timon avait peut-être changé de position, ou peut-être pas... Une fleurette jaune.

Il n'abandonnait pas la partie. Il restait planté là. Le désagréable, c'était que le vide de notre ennui en ce lieu écarté rencontrait le vide de ces prétendus signes, de ces indices qui n'en étaient pas, toute cette sottise : deux vides, et nous au milieu. Je bâillai. Il dit :

— Regarde vers quoi ce timon est orienté.

— Vers quoi?

— Vers la chambre de Catherette.

En effet. Ce timon était exactement orienté vers la petite chambre qu'elle occupait près de la cuisine, dans cette dépendance de la maison.

— Ah ah...

— Oui. S'il n'a pas été déplacé, alors ce n'est rien, c'est sans importance. Mais s'il a été déplacé, c'était pour nous mener à Catherette... Quelqu'un, tu vois, a compris, par mon allusion d'hier soir au bout de bois et au fil, que nous étions sur la piste; alors il est venu ici la nuit et il a dirigé le timon vers la chambre de Catherette. C'est comme une autre flèche. Il savait que nous reviendrions pour voir s'il n'y avait pas de signe nouveau.

— Mais qui te dit que le timon a été déplacé?

— Je n'ai pas de certitude. Mais j'en ai l'impression. Il y a une trace dans la sciure, comme s'il avait eu une autre position hier... Et regarde aussi ces trois cailloux... et ces trois chevilles... et ces trois herbes arrachées... et ces trois boutons qui doivent provenir d'une selle... Tu ne vois rien?

— Quoi?

— Ils forment des espèces de triangles qui mettent en valeur le timon, comme si quelqu'un avait voulu attirer là-dessus notre attention... tu vois, ils créent une sorte de rythme qui mène au timon... euh... c'est-à-dire... qu'en penses-tu?

Je m'arrachai à la fourmi jaune, qui apparaissait et disparaissait parmi des courroies en courant à droite, à gauche, en avant, en arrière, je n'écoutais guère, j'écoutais d'une oreille, quelle idiotie, quelle pauvreté, quelle misère, quelle humiliation, notre excitation, notre dégoût, notre sottise, tout cela s'élevait sur ce tas de déchets et de gravats, au pied de ce mur, et la gueule de Fuchs, rousse, écarquillée, méprisée. Je recommençai à argumenter : qui aurait pu en avoir envie, qui aurait fabriqué des signes si ténus qu'ils en étaient presque invisibles, qui aurait pu calculer que nous tomberions en arrêt devant ce timon déplacé? Il fallait n'avoir pas toute sa tête pour... Il m'interrompit :

— Et qui te dit que ce quelqu'un a toute sa tête? Autre chose : pourquoi saurais-tu combien de signes il a fabriqués? Nous n'en avons peut-être découvert qu'un sur trente-six...

Il embrassa d'un geste le jardin et la maison :

— Ça fourmille peut-être de signes...

Nous nous tenions immobiles — terre craquelée, toile d'araignée — et il était clair désormais que nous n'en resterions pas là. Qu'avions-nous d'autre à faire? Je saisis un morceau de brique, l'examinai, le reposai et dis :

— Bon, alors? On suit la ligne de ce timon?

Il eut un sourire gêné.

— Il faut bien. Tu le comprends toi-même. Pour avoir la paix. C'est demain dimanche. Elle a son jour de sortie. Il faudra faire une perquisition dans sa chambre, on verra bien s'il y a quelque chose... Et s'il n'y a rien, au moins nous cesserons de nous en faire!

Je gardais les yeux fixés sur les gravats (et lui aussi), comme si j'avais voulu y déchiffrer la déviation insignifiante, mais sale, d'une lèvre fuyante, et en effet les gravats, les palonniers, les courroies, les ordures semblèrent, par leurs vibrations, exhaler une atmosphère de glissement sournois, tracer l'esquisse d'une déviation... en même temps que le cendrier, le treillis du lit... et tout cela désormais vibrait, bouillonnait en atteignant Léna — ce qui m'effrayait car, pensais-je, nous allons agir à nouveau, et créer le réel en agissant, nous introduirons ce timon dans l'action, moi je pousserai vers la bouche en passant par ces gravats... — et aussi me ravissait car, pensais-je, ah, nous allons commencer à agir, nous pénétrerons activement dans cette énigme, hé, hé, aller jusqu'à la chambre de Catherette, perquisitionner, regarder, vérifier! Vérifier! Ah, pour tout éclairer! Et, ah, pour tout obscurcir, au milieu des chimères, de la nuit!

Malgré tout, je me sentais mieux. Notre retour vers les graviers du sentier fut celui de deux détectives. L'élaboration de nos plans dans le plus grand détail me permit de tenir honorablement jusqu'au lendemain. Le dîner fut tranquille, mon champ de vision se limitait de plus en plus à la nappe, j'avais de plus en plus de mal à lever les yeux vers eux, je regardais la nappe et la menotte de Léna... elle était plus calme, sans tremblements marqués (mais cela pouvait justement prouver que c'était elle qui avait orienté le timon!)... et les autres mains, par exemple celle de Léon, endormie, ou celle de Lucien, érotiquement non érotique, et la patte de Bouboule, rouge comme une betterave, petit poing sortant de son bras épais de vieille sorcière, ce qui provoquait un malaise envahissant... qui devenait encore plus désagréable à la vue du coude, où la rougeur mobile se transformait en golfes bleus et violets qui annonçaient d'autres zones cachées. Combinaisons compliquées, fatigantes, de mains, analogues aux combinaisons du plafond, des murs, de partout... La main de Léon cessa de tambouriner, il saisit avec deux doigts de sa main droite un doigt de sa main gauche et le tint ainsi en l'examinant avec une attention figée dans un sourire rêveur. Bien entendu, la conversation, plus haut, au-dessus des mains, ne s'arrêtait pas, mais j'en percevais à peine quelques fragments, on s'accrochait à divers sujets, et à un moment Lucien demanda à son beau-père ce qu'il en pensait, imaginez dix soldats qui vont l'un derrière l'autre, en file indienne, à votre avis combien de temps faut-il pour épuiser toutes les combinaisons possibles de leur ordre de marche, si l'on met par exemple le troisième à la place du premier et ainsi de suite... et si l'on suppose qu'on effectue un changement par jour?

Léon réfléchit.

— Trois mois, plus ou minus.

Lucien répondit :

— Dix mille ans. Ça a été calculé.

— Mon cher... dit Léon. Mon cher... mon cher...

Il se tut, immobile, hérissé. On aurait pu croire que le mot « combinaison » employé par Lucien avait une certaine relation avec les « combinaisons » qui m'apparaissaient ; on pouvait voir une étrange coïncidence dans le fait qu'il eût mentionné ces combinaisons de soldats au moment même où je me noyais dans les miennes — cela ne revenait-il pas à exprimer presque ouvertement mes inquiétudes — « presque » ! que de « presque » j'avais trouvé sur mon chemin ! — cette anecdote des soldats m'avait frappé parce qu'elle se rattachait à mes préoccupations.

Ainsi cette coïncidence était en partie (oh, en partie !) provoquée par moi-même, et la confusion, la difficulté étaient justement que je ne pouvais jamais savoir dans quelle mesure j'étais moi-même l'auteur des combinaisons qui s'effectuaient autour de moi, ah, on se sent vite coupable ! Si l'on considère la quantité fantastique de sons, de formes, que nous percevons à chaque moment de notre existence... essaim, fleuve, bourdonnement... quoi de plus facile que de combiner ? Combiner ! Ce mot me surprit pendant une seconde comme un fauve dans une forêt obscure, mais se perdit dans le chaos des sept personnes qui parlaient, mangeaient, buvaient ; le dîner continuait, Catherette donna le cendrier à Léna...

« Il faudra éclaircir tout cela, expliquer, aller jusqu'au fond des choses »... mais je ne croyais pas que l'inspection de la chambrette pût éclaircir quoi que ce soit. Pourtant, notre projet pour le lendemain permettait de mieux soutenir cette étrange inter- dépendance des bouches... En définitive, quoi d'étonnant si une bouche renvoie à une autre bouche

73

puisque sans cesse, constamment, une chose renvoyait à une autre, l'une se cachait derrière l'autre, derrière la main de Lucien celle de Léna, derrière la tasse un verre, derrière une ligne humide du plafond une île, le monde était en vérité une sorte de paravent et ne se livrait qu'en m'entraînant toujours plus loin : les choses jouaient avec moi comme avec un ballon!

Soudain, il y eut un bruit sec.

Comme si l'on avait frappé deux bâtons l'un contre l'autre, d'un coup bref, net. Et léger, quoique cet écho fût très particulier, si particulier qu'il trancha sur l'ensemble des voix. Qui avait frappé? Avec quoi? Je retins mon souffle. Une sorte de « ça commence! » dansa dans ma tête, je tressaillis, « allons, fantôme, montre-toi! ». Mais le son s'abîma dans le temps, rien n'apparut, peut-être était-ce seulement le craquement d'une chaise... rien d'important.

Rien d'important. Le lendemain était un dimanche, cette journée qui troublait le cours ordinaire de notre vie. Certes Catherette m'éveilla comme les autres jours et resta un instant penchée au-dessus de moi, par pure bienveillance, mais c'est Bouboule qui fit elle-même la chambre et, en tournant de tous côtés avec son torchon, elle me raconta qu'à Drohobycz ils avaient jadis « un joli rez-de-chaussée dans une villa avec commodités » et qu'elle louait alors des chambres avec ou sans pension complète, puis à Pultusk pendant six ans « dans un appartement commode au troisième étage », mais en plus des pensionnaires elle avait sur le dos parfois jusqu'à six clients « de la ville », des gens plutôt âgés, avec des maladies, et pour l'un sa petite bouteille, et pour l'autre sa petite soupe, et pour un autre surtout rien

74

d'acide, et à la fin je me dis non, ce n'est plus possible, j'en ai assez, je n'en peux plus, et je le dis à mes vieillards, il fallait voir leur désespoir, « ma chère Madame, qui est-ce qui s'occupera de nous? », moi je leur réponds : « Ah vous voyez! j'y mets trop de cœur, je m'échine, alors il faut que j'y laisse ma peau? » d'autant que j'ai dû surveiller Léon toute ma vie, vous n'avez pas idée, tantôt ci, tantôt ça, toujours quelque chose, je lui ai apporté toute ma vie le petit déjeuner au lit, toute ma vie, heureusement que je suis comme ça, moi, je ne supporte pas de ne rien faire, du matin au soir et du soir au matin, d'ailleurs ça n'empêche pas de s'amuser, d'aller en visite ou de recevoir, vous savez, la cousine germaine de Léon a épousé un comte Koziebrodzki, il faut voir, et quand moi j'ai épousé Léon, sa famille a fait la tête, et Léon lui-même avait si peur de sa tante la comtesse que pendant deux ans il ne m'a pas présentée, moi je lui dis : « Léon, n'aie pas peur, moi j'en fais mon affaire de ta tante » et un jour j'ai lu dans le journal qu'il y avait un bal de bienfaisance, et que la comtesse Koziebrodzka était dans le comité d'organisation, je ne dis rien à Léon, je lui dis seulement « on ira au bal, » eh bien, Monsieur, pendant deux semaines je me suis préparée en cachette, deux couturières, la coiffeuse, des massages, j'ai même pris un pédicure, j'ai emprunté à Téla ses bijoux, quand Léon m'a vue il a été soufflé, moi rien, nous entrons dans la salle, musique, moi je prends Léon par le bras et je vais tout droit à la comtesse, eh bien figurez-vous, elle m'a tourné le dos! Elle m'a fait cet affront! Moi je dis à Léon : « Léon ta tante est une arrogante » et j'ai craché, lui, figurez-vous, pas un mot, il est comme ça, il cause, il cause, et quand il faut en venir à quelque chose, rien, ou bien il tourne autour, mais ensuite quand nous habitions à Kielce, et que moi je faisais cuire des confitures, bien des gens du voisinage venaient chez nous, ils commandaient ces confitures des mois à l'avance. — Elle n'ajouta rien, essuya la poussière, resta silencieuse comme si elle n'avait jamais rien dit, si bien que Fuchs demanda :

— Et puis?

Elle dit alors qu'un de ses locataires, qu'elle avait à Pultusk, était poitrinaire et qu'il fallait lui donner de la crème trois fois par jour « que c'en était écœurant »... et elle sortit.

Que signifiait tout cela? Quel était le sens de cela? Qu'est-ce que cela cachait? Et le verre? Pourquoi, la veille, avais-je fait attention à ce verre dans le petit salon, près de la fenêtre, sur la table, avec deux bobines à côté, pourquoi avais-je regardé cela en passant? Était-ce digne d'attention, ou ne fallait-il pas descendre, examiner encore une fois et vérifier? Fuchs devait, lui aussi, en secret, vérifier, observer, examiner et méditer, lui aussi se sentait très éparpillé, sottement éparpillé, Fuchs, oui... mais il n'avait pas le centième de mes motifs à moi...

Léna circulant comme du sang dans cette sottise!

Je ne pouvais m'empêcher d'imaginer qu'elle se cachait derrière tout cela, dirigée vers moi, tendue dans un effort de pénétration pudique, clandestine... Je la voyais presque errer dans la maison, dessiner sur les plafonds, orienter le timon, pendre le bout de bois, dessiner des figures avec des objets en se glissant le long des murs, dans les coins... Léna... Léna... se frayant passage jusqu'à moi... implorant peut-être mon aide! — Absurde! — Oui, absurde, mais d'un autre côté se pouvait-il que deux anomalies, cette « union » des bouches et ce groupe de signes,

n'eussent entre elles rien de commun ? — Absurde —
Oui, absurde, mais cette tension que me causait la
contamination de la bouche de Léna par celle de
Catherette pouvait-elle n'être qu'une simple chimère ?

Il n'y eut à dîner que Bouboule avec nous, parce
que Léna était allée chez des amis avec son mari,
Léon avait un bridge, Catherette, puisque c'était son
jour de sortie, avait disparu aussitôt après le déjeuner.

Dîner agrémenté par la voix de Bouboule, qui
n'arrêtait pas (cela, visiblement, la prenait en
l'absence de Léon) : et les locataires, et avec les
locataires, toute mon existence, vous ne pouvez pas
savoir, et à manger pour l'un, et faire le lit pour
l'autre, et un lavement pour celui-là, et celui-ci
c'est le réchaud... J'écoutais à peine et entendais
vaguement « avec des filles »... « une bouteille
derrière son lit, oui, presque au moment de mourir,
avec des bouteilles »... « moi je lui dis, des caprices,
des caprices, mais le châle vous savez où »... « j'ai
lutté, j'ai turbiné, on n'est pas des bêtes »... « cochonnerie, que le bon Dieu »... « une calamité que
cette saleté, doux Jésus »... Ses petits yeux suivaient
ce que nous mangions, sa poitrine s'appuyait à la
table, et à son coude la peau calleuse devenait rose-
violet, tout comme au plafond les taches ou verrues
du golfe principal devenaient un pâle îlot jaunâtre... « Sans moi, ils en seraient morts »... « souvent, la nuit, quand il gémissait »... « alors ils ont
changé Léon de poste et nous avons loué »... Elle
était comme le plafond, elle avait derrière l'oreille
une sorte de grosse verrue et là commençait la forêt
des cheveux, d'abord deux ou trois, comme des
anneaux, puis le fourré, gris-noir, dru, enroulé,

torsadé, ici des boucles, là des touffes, plus loin un terrain nu, une pente, la peau de la nuque était très délicate, blanche, et là, soudain, une ligne qui semblait tracée par un ongle, et une rougeur, comme une espèce de tache, puis au-dessus de l'épaule, à la limite de la blouse, commençait à son tour quelque chose de défraîchi, comme usé, qui se perdait sous le vêtement et se prolongeait là-bas, sous cette blouse, jusqu'à d'autres boutons, jusqu'à d'autres accidents... Elle était comme le plafond... « Quand nous habitions Drohobycz... » « une angine, et puis des rhumatismes, des calculs dans le foie... » Elle était comme le plafond, insaisissable, inépuisable, incalculable, avec ses zones, ses îles, ses archipels... Après le dîner, nous attendîmes qu'elle aille se coucher et, vers dix heures, nous passâmes à l'action.

Phénomènes déchaînés par notre action?

Pour entrer dans la petite chambre de Catherette, nous n'eûmes pas de difficultés avec la porte. Nous savions qu'elle en laissait toujours la clef sur le rebord de la fenêtre couvert de lierre. La difficulté était d'un autre ordre : nous n'étions aucunement sûrs que celui qui nous menait par le nez — en supposant que quelqu'un nous menât par le nez — ne s'était pas embusqué pour nous épier... ou même n'allait pas faire un scandale, pouvait-on savoir? Il nous fallut du temps pour nous promener aux alentours de la cuisine et regarder si personne ne nous observait, mais la maison, les fenêtres, le jardinet restaient tranquilles dans la nuit qu'envahissaient de lourds nuages effilochés, d'où émergeait la faucille lunaire, rapide. Les chiens se poursuivaient au milieu des arbustes. Nous avions peur d'être ridicules. Fuchs me montra une petite boîte qu'il tenait à la main.

— Qu'est-ce que c'est?

— Une grenouille. Vivante. Je l'ai attrapée aujourd'hui.

— Qu'est-ce encore que cette histoire?

— Si nous étions surpris, nous dirions que nous voulions lui fourrer la grenouille dans son lit... Pour faire une farce!

Son visage blanc-roux-poisson, que Drozdowski ne voulait plus voir. Une grenouille, oui, c'était astucieux! Et cette grenouille, il fallait l'avouer, n'était pas là mal à propos, avec son humidité glissante rôdant autour de celle de Catherette... au point que j'en fus étonné, inquiet... et cela d'autant plus qu'elle n'était pas si éloignée du moineau... Le moineau et la grenouille, la grenouille et le moineau, n'y avait-il pas quelque chose derrière? Cela n'avait-il pas un sens? Fuchs dit :

— Allons voir ce qui se passe avec le moineau. De toute façon, il est encore trop tôt.

Nous partîmes. Sous les arbres, dans les buissons, cette même ombre, cette même odeur... nous approchâmes de l'endroit, mais le regard affrontait en vain le noir ou plutôt de multiples variétés de noir qui mêlaient tout : il y avait de noires cavités qui s'enfonçaient à côté d'autres trous, sphères, couches qu'empoisonnait cette coexistence et le tout se fondait en une sorte de mixture qui résistait, qui freinait. J'avais une lanterne, mais interdiction de l'utiliser. Le moineau devait se trouver devant nous, à trois pas, nous voyions l'endroit mais nous ne pouvions pas l'atteindre par notre regard, qu'absorbaient cette obscurité, ce refus indistinct... Enfin il apparut fugitivement comme un petit tas de formes, pas plus grand qu'une poire... et qui pendait...

— Le voici.

Dans le calme des ténèbres, la grenouille qui était avec nous se manifesta. Non qu'elle eût coassé, mais son existence, réveillée par celle du moineau, ne pouvait plus passer inaperçue. Nous étions avec la grenouille... elle était ici, avec nous, en face du moineau, cousinant avec lui dans le règne des batracho-moineaux, et cela m'évoquait ce glissement, cette déviation labiale... : le brelan moineau-grenouille-Catherette me poussait vers cet orifice buccal et transformait l'obscure cavité des buissons en bouche, agrémentée de cette coquetterie à la lèvre... de travers. Convoitise. Cochonnerie. Je restais immobile, Fuchs commençait à sortir des buissons, il murmura « rien de neuf » et, quand nous atteignîmes la route, ce fut le ciel, nocturne, et la lune, dans une masse de nuages aux bords argentés, brilla tout d'un coup. Agir! Un désir effréné d'action, de souffle purificateur, bouillonnait en moi, j'étais prêt à attaquer n'importe quoi!

Notre action, hélas, était bien misérable : deux conspirateurs accompagnés d'une grenouille et suivant la ligne d'un timon. Une fois encore nous jetâmes un coup d'œil sur la scène : la maison, et les troncs des arbustes, blancs de chaux, qui transparaissaient faiblement, et l'ombre plus dense des grands arbres, et l'espace du jardin qui s'étalait. Je trouvai à tâtons la clef sur le rebord de la fenêtre, dans le lierre, je l'introduisis dans la serrure et soulevai un peu la porte sur ses gonds pour l'empêcher de grincer. La grenouille dans sa boîte se fit dès lors oublier, passa à l'arrière-plan. En revanche, une fois la porte ouverte, la cavité de la petite chambre basse, emplie d'une odeur aigre de renfermé, de lavage, de pain, d'herbes sèches, cette cavité de Catherette m'excita, sa bouche gâtée béait devant moi, m'aspirait, et je dus prendre garde que Fuchs ne remarquât mon souffle précipité.

Il entra avec la lanterne et la grenouille tandis que je restais près de la porte entrebâillée pour faire le guet.

La lumière sourde de la lanterne enveloppée dans un mouchoir courut le long d'un lit, d'une armoire, d'une petite table, d'un grand panier, d'une étagère, dévoilant tour à tour de nouveaux endroits, recoins, fragments, du linge, des chiffons, un peigne cassé, un miroir, une assiette pleine de monnaie, du savon noir, des choses et des choses qui se montraient l'une après l'autre comme dans un film, tandis que dehors les nuages suivaient les nuages — et moi sur le pas de la porte, entre ces deux défilés : celui des choses et celui des nuages. Bien que chacune des choses dans la pièce fût à elle, à Catherette, elles ne l'impliquaient qu'en groupe, en créant un ersatz de présence, une présence au second degré que je violais par Fuchs, avec sa lanterne. Que je violais lentement. La tache de lumière qui courait, qui bondissait, s'arrêtait par moments sur un objet, comme pensive, pour repartir et chercher encore, pour fureter, pour avancer, pour tâter, dans une recherche obstinée de cochonnerie : voilà ce que nous cherchions, voilà ce que nous avions flairé. La cochonnerie! La cochonnerie! Et la grenouille était toujours dans sa boîte, que Fuchs avait posée sur la table.

Une médiocrité servile, liée au peigne édenté et sale, à la glace de poche cassée, à la serviette mince, humide; des affaires de domestique, sentant déjà la ville, mais paysannes malgré tout, naïves, que nous palpions pour atteindre une culpabilité déviée, glissante, qui, dans cette cavité semblable à une bouche, se dissimulait en effaçant ses traces... Nous recherchions, en tâtonnant, la corruption, la perversion, la bassesse. Cela devait se trouver quelque part! Sur ce, la lanterne rencontra une grande photographie derrière l'armoire et l'on vit sortir du cadre Catherette... avec une bouche sans tache! Oh prodige!

Une bouche pure, honnête, honnêtement paysanne!

Dans un visage bien plus jeune, plus arrondi! Une Catherette endimanchée, avec un décolleté solennel, sur un banc au pied d'un palmier derrière lequel apparaissait l'extrémité d'un navire, la main dans la main avec un artisan solide, un moustachu à col dur... Catherette avait un sourire plaisant....

Réveillés au milieu de la nuit, parfois, nous pourrions jurer que la fenêtre est à droite et la porte juste derrière, mais il suffit d'un seul et unique signe, lueur de la fenêtre ou tic-tac de la montre, pour qu'aussitôt et de façon définitive tout reprenne sa juste place dans notre tête. Que faire? La réalité s'imposa, foudroyante, tout revint à la norme comme sur un rappel à l'ordre. Catherette? Une honnête domestique qui, dans un accident de voiture, avait eu la lèvre supérieure abîmée. Nous? Une paire de maniaques...

Décontenancé, je regardai Fuchs. Il continuait à chercher malgré tout, sa lanterne découvrit encore un cahier de comptes sur la table, des bas, des images pieuses, le Christ et la Vierge Marie avec un bouquet — mais pourquoi continuer à fureter? Ce n'était plus que pour cacher notre défaite.

— Amène-toi! murmurai-je. Allons-nous-en.

Toute possibilité de lubricité s'était enfuie des choses éclairées, mais c'est l'éclairage qui était devenu lubrique : en palpant, en flairant, nous nous salissions nous-mêmes. Nous, dans cette petite pièce, comme deux singes en rut. Avec un sourire machinal, Fuchs me rendit mon regard et continua à promener sa lanterne au hasard; visiblement il avait la tête vide, vide, vide, comme un homme qui s'aperçoit qu'il a perdu tout ce qu'il portait et qui cependant poursuit sa route... et son fiasco avec Drozdowski rejoignait son fiasco de maintenant, et les deux se fondaient en un fiasco unique... Avec son sourire devenu indécent, un sourire de bordel, il lorgnait comme un voyeur les affaires de Catherette, ses jarretelles, son coton, ses bas sales, ses étagères, ses petites tasses, et moi, resté dans l'ombre, je le voyais faire : c'était désormais par vengeance, pour sauver la face, il se vengeait par sa propre luxure de ce qu'elle n'avait plus rien de luxurieux. Il palpait, la tache de lumière dansait autour d'un peigne, d'un talon... En vain! Rien! Cela perdait tout sens et se défaisait lentement comme un paquet dont on a coupé la ficelle, les objets devenaient neutres, notre sensualité expirait. Déjà approchait la minute fatale où l'on ne sait plus que faire.

C'est alors que je remarquai quelque chose.

Ce quelque chose pouvait n'être rien, mais pouvait aussi ne pas être rien. Très vraisemblablement sans importance, mais quand même.

Fuchs avait éclairé une aiguille qui avait ceci de particulier qu'elle était enfoncée au milieu de la table.

Cela n'aurait pas mérité d'attention spéciale si je n'avais remarqué auparavant un fait un peu plus étonnant : une plume sergent-major enfoncée dans une écorce de citron. Quand il eut dévoilé cette aiguille ainsi enfoncée je lui pris la main et dirigeai sa lanterne vers la plume, à seule fin de restituer à notre présence en ce lieu les apparences d'une enquête.

Alors la lanterne remua vivement et, au bout d'un instant, découvrit autre chose : une lime à ongles sur la commode. Cette lime était enfoncée dans une boîte de carton. Je ne l'avais pas remarquée d'abord et la lanterne me la montrait comme pour demander « qu'est-ce que tu en dis? ».

La lime, la plume, l'aiguille... La lanterne était maintenant comme un chien qui a trouvé une piste, elle bondissait d'objet en objet et nous découvrîmes encore deux « enfoncements » : deux agrafes l'une et l'autre enfoncées dans un carton. C'était peu. C'était peu et pourtant, dans notre triste situation, cela créait une nouvelle ligne d'action; la lanterne travailla encore, bondissant, examinant... Autre chose encore : un clou enfoncé dans le mur, étrange parce qu'il était seulement à quelques centimètres au-dessus du parquet. Cette étrangeté du clou n'était pas suffisante. De notre part c'était une sorte d'abus de l'avoir ainsi mise en lumière... Et plus rien d'autre, plus rien. Nous cherchions encore, mais cette recherche s'épuisait; dans la cavité étouffante de la chambre s'amorçait une décomposition... et à la fin la lanterne s'arrêta.

Fuchs ouvrit la porte, nous commençâmes la retraite. Sur le point de sortir, il dirigea un très net jet de lumière vers la bouche de Catherette. Moi, appuyé sur la niche de la fenêtre, je sentis sous ma main un marteau et murmurai « un marteau », sans doute parce que ce marteau s'associait au clou enfoncé dans le mur. Sans intérêt. Allons-nous en. Nous refermâmes la porte, la clef fut remise à sa place; « quel vent là-haut! » murmura-t-il sous la voûte des nuages qui se hâtaient — lui, maladroit, évincé, énervant, qu'avais-je à faire avec lui? je n'avais à m'en prendre qu'à moi, tant pis; la maison se dressait devant nous, de l'autre côté de la route les sapins se dressaient aussi, et les arbustes se dressaient dans le jardin, et cela me rappela un bal lorsque la musique s'interrompt et que les couples restent debout, c'était ridicule.

Et alors? Rentrer dormir? Je me sentais atteint d'une sorte d'épuisement complet, entouré d'un affaiblissement universel. Je n'avais même plus de sentiments.

Il se tourna vers moi pour dire quelque chose, mais le silence fut soudain détruit par un bruit de coups, de coups violents, sonores!

Je me figeai. Cela venait de derrière la maison, du côté de la route, c'est de là que provenaient ces coups furieux, on frappait sur quelque chose! Comme avec un gros marteau! Des coups de marteau déchaînés, lourds, métalliques, assenés en cadence, pan! pan! pan! avec un maximum de force, avec acharnement! Le fracas de ce fer dans la nuit silencieuse était si stupéfiant qu'il ne paraissait pas de ce monde... Était-ce contre nous? Nous bondîmes vers le mur comme si ces coups, qui ne s'accordaient avec rien à la ronde, nous visaient.

Cela ne s'arrêtait pas. Je jetai un coup d'œil et saisis Fuchs par la manche. Bouboule.

Bouboule! Vêtue d'une robe de chambre à longues manches et, au milieu de ces manches déployées, haletant et frappant, elle levait un gros marteau ou une hache et, avec un visage de folle, l'abattait sur une souche ou un billot. Elle enfonçait quelque chose? Qu'enfonçait-elle? Qu'était cet « enfoncement » acharné et désespéré que... que...

que nous venions de laisser dans la chambre de Catherette... et qui maintenant faisait rage ici dans un immense vacarme métallique?

Le petit marteau que j'avais heurté du coude, comme nous sortions de la chambrette, était devenu gros, les épingles, les aiguilles, les plumes et les clous enfoncés se déchaînaient soudain sans limite. A peine avais-je pensé cela, je repoussai cette idée absurde, assez! mais au même instant d'autres coups, une sorte de tapage, se firent entendre... de l'intérieur de la maison... Ils venaient d'en haut, de l'étage, plus rapides, plus durs, accompagnant les premiers, confirmant qu'on enfonçait quelque chose, et me démolissant le cerveau; la panique se répandait dans la nuit, la folie, c'était comme un tremblement de terre! Cela ne venait-il pas de chez Léna? Je m'arrachai à Fuchs et fis irruption dans la maison, me précipitai dans l'escalier... Était-ce Léna?

Comme je montais en courant, tout se tut soudain. Arrivé à l'étage, je m'arrêtai, haletant : le vacarme avait cessé. Silence. Il me vint même l'idée, plein de sang-froid, de me calmer et de rentrer tranquillement dans notre chambre. Mais la porte de Léna, la troisième dans le corridor, était devant moi, et en moi ça continuait à frapper, à enfoncer : le vacarme, le gros marteau, le petit marteau, les aiguilles, les clous, l'enfoncement, l'enfoncement, foncer sur Léna, foncer sur elle... de sorte que, attaquant la porte à coups de poings, je me mis à taper, à frapper! De toutes mes forces!

Silence.

Je pensai en un éclair que, si cette porte s'ouvrait, je crierais « au voleur » pour me justifier. Mais rien, la paix revint, on n'entendait plus rien, plus rien, je m'éloignai en hâte et sans bruit, je redescendis. En bas aussi régnait le silence. Le vide. Pas âme qui vive. Ni Fuchs, ni Bouboule. Que personne ne se soit manifesté dans la chambre de Léna, cela pouvait aisément s'expliquer, ils n'étaient pas là, ils n'étaient pas revenus de chez leurs amis, ce n'est pas de là que provenait le vacarme — mais où Fuchs était-il passé? Et Bouboule? Je fis le tour de la maison en rasant les murs pour que l'on ne me vît pas des fenêtres : la folie avait disparu sans laisser de traces. Il y avait les arbres, les sentiers, le gravier sous la lune rapide, rien d'autre. Où était Fuchs? J'étais au bord des larmes, pour un peu je me serais assis et j'aurais pleuré.

Sur ce, je remarque qu'à l'étage une seule fenêtre laisse passer de la lumière : la leur, celle de Léna et de Lucien.

Ah ah! ainsi donc ils étaient là, ils avaient entendu mes coups à leur porte! Alors pourquoi n'avaient-ils pas ouvert? Que faire? De nouveau je n'avais rien à tenter, rien, j'étais à nouveau désœuvré. Quoi? Quoi? Rentrer dans notre chambre, me déshabiller et dormir? Me cacher quelque part ici pour guetter? Quoi? Quoi? Pleurer? Les rideaux de leur fenêtre n'étaient pas tirés, on voyait nettement la lumière, et... et... en face, justement, derrière la clôture, se trouvait un gros pin aux branches étalées... En y grimpant, je pourrais voir à l'intérieur... Cette idée était un peu bizarre, mais sa bizarrerie faisait écho à celle qui venait de prendre fin... et que pouvais-je faire d'autre?

Le fracas et la confusion de ce qui s'était passé me rendaient cette idée plausible et elle était devant moi, comme cet arbre, et je n'avais devant moi rien d'autre. Je sortis sur la route, me frayai un passage jusqu'au pin et me mis à grimper le long de ce tronc âpre et piquant. Pénétrer jusqu'à Léna, avancer vers Léna... les échos de mes coups à sa porte résonnaient encore en moi et je recommençais à avancer vers elle... et tout le reste, la chambre de Catherette, la photo, les épingles, les coups frappés par Bouboule, tout s'effaça devant le désir unique et fondamental de pénétrer jusqu'à Léna. Je grimpai avec prudence, de branche en branche, toujours plus haut.

Ce n'était pas facile, cela dura longtemps, et ma curiosité devenait fiévreuse : la voir, la voir... la voir elle avec lui... qu'allais-je voir ? Après le vacarme, après ces coups, qu'allais-je voir ? En moi vibrait le tremblement exaspéré qui m'avait saisi devant sa porte. Qu'allais-je voir ? Déjà mon regard atteignait le plafond et la partie supérieure du mur, avec la lampe.

Enfin, je vis.

Je fus estomaqué.

Il lui montrait une théière.

Une théière.

Elle était assise sur une petite chaise, près de la table, une serviette de bain jetée sur les épaules comme un châle. Lui, debout, en gilet, tenait à la main une théière et la lui montrait. Elle, elle regardait cette théière. Elle disait quelque chose. Il parlait.

Une théière.

Je m'attendais à tout. Mais pas à une théière. La goutte d'eau qui fait déborder le vase. Quand c'est trop, c'est trop. Il existe une espèce d'excès dans la réalité, dont le grossissement devient insupportable. Après tant d'objets que je n'aurais même pas pu tous énumérer, après les clous, la grenouille, le moineau, le bout de bois, le timon, la plume, l'écorce, le carton, etc., et la cheminée, le bouchon, le trait, la gouttière, la main, les poignées, etc., etc., mottes, treillis, lit, fil de fer, cailloux, cure-dents, poulet, boutons, golfes, îles, aiguille, *et caetera et caetera et caetera*, à satiété, à n'en plus pouvoir, c'était maintenant cette théière, venue comme un cheveu sur la soupe, comme la cinquième roue d'une charrette, à titre spécial, gratis, richesse, luxe du chaos. Assez. Ma gorge se contractait. Je n'avalerais pas ça. J'abandonnais. Assez mainte-nant. Rentrer. Chez moi.

Elle ôta sa serviette. Elle n'avait pas de blouse. Je reçus le choc de sa nudité : la poitrine, les épaules. Cette nudité se mit à enlever ses bas, le mari parla de nouveau, elle lui répondit, elle enleva l'autre bas, il appuya le pied sur une chaise pour délacer son soulier. Je restais là, pensant que j'allais maintenant savoir comment elle était, com-ment elle était à nu avec lui, vile, lâche, sensuelle, glissante, sainte, sensible, pure, fidèle, fraîche, attirante, peut-être coquette ? Ou seulement facile, peut-être ? Profonde ? Ou simplement désabusée, ennuyée, indifférente, ardente, rusée, méchante, angélique, timide, impudique, enfin j'allais le voir ! Déjà les cuisses apparaissaient l'une après l'autre, j'allais savoir, j'apprendrais enfin quelque chose, quelque chose me serait enfin révélé...

La théière.

Il la prit, il prit cette théière sur la table et la mit sur une étagère, puis il alla vers la porte.

La lumière s'éteignit.

Je continuais à observer, quoique sans rien voir, mon regard aveugle plongeait dans l'obscurité de cette fosse, je regardais toujours — que pouvaient-ils faire? Que faisaient-ils? Et comment le faisaient-ils? N'importe quoi pouvait se passer là-haut. Aucun geste, aucun contact n'étaient impossibles, les ténèbres étaient réellement insondables, elle ondulait, ou elle n'ondulait pas, ou elle craignait ou elle aimait, ou rien du tout, ou bien autre chose, ou bien l'abomination, l'horreur, je n'en saurais jamais rien. Je redescendis et, en me laissant tomber doucement, je pensai que si elle était une enfant aux yeux très bleus elle aurait très bien pu aussi être un monstre — un monstre enfantin aux yeux bleus. Alors que pouvait-on savoir?

Je ne saurais rien d'elle, jamais.

Je sautai à terre, me brossai, allai lentement vers la maison; dans le ciel régnait un immense élan, des troupeaux entiers couraient, hérissés, la blancheur de leurs carcasses lumineuses, le noir de leurs cœurs, tout cela courait sous la lune, qui se hâtait elle aussi, coulait, glissait, se ternissait, s'éteignait et émergeait à nouveau, immaculée, les cieux étaient traversés de ces deux élans contraires, silencieux. Je me demandai en cours de route si je n'allais pas envoyer le tout au diable, me débarrasser de ce poids, dire « pouce! » puisqu'en définitive cette lèvre de Catherette était, comme le prouvait la photo, un défaut dû à une cause purement matérielle. Alors, à quoi bon?

Et cette théière par-dessus le marché...

A quoi bon associer la bouche de Catherette à cette autre bouche? Je ne le ferais plus. J'abandonnais le tout.

J'arrivai devant le perron. Sur la balustrade reposait Jacquot, le chat de Léna. A ma vue, il se leva et tendit le dos pour se faire caresser. Je le pris solidement à la gorge et me mis à l'étrangler, je me

demandai en un éclair ce que je faisais, mais tant
pis, trop tard, je serrai de toutes mes forces. Je
l'étranglai. Son corps pendit.

Et maintenant? Que faire? Je me trouvais sur
le perron avec ce chat étranglé entre les mains, il
fallait faire quelque chose du chat, le déposer
quelque part, le cacher? Mais je ne savais où.
L'enterrer peut-être? Mais creuser un trou au milieu
de la nuit... Le lancer sur la route, pour faire comme
si une voiture l'avait écrasé — ou bien dans les
buissons, là où était le moineau? Je réfléchis, le
chat était lourd, je n'arrivais pas à me décider,
tout était calme; j'aperçus par hasard une solide
ficelle qui reliait un arbuste à son tuteur, un de
ces arbustes blanchis à la chaux, je dénouai cette
ficelle, j'en fis un nœud coulant, je regardai à la
ronde si personne ne voyait (la maison était endormie, nul n'aurait cru qu'un tel vacarme venait
d'y retentir), je me rappelai qu'il y avait un crochet
au mur, je ne savais pour quel usage, peut-être
pour accrocher du linge, j'y portai le chat, ce
n'était pas loin, une vingtaine de pas, je le suspen-
dis à ce crochet. Il pendit là, comme pendaient le
moineau et le bout de bois, pour compléter la série.
Que faire ensuite? Je tenais à peine debout, je
craignais un peu de rentrer dans notre chambre,
Fuchs était là, il ne dormait pas, il allait me poser
des questions... Mais après avoir ouvert la porte
sans bruit, je vis aussitôt qu'il dormait profondément. Je m'endormis aussi.

V

Au-dessus de moi, Catherette qui parle sans arrêt, quelle saloperie, on a pendu Jacquot, Jacquot pendu à un crochet dans le jardin, qui l'a pendu, c'est un crime, quelles canailles, pendre le chat de Léna! Cela m'éveilla en sursaut. Le chat était pendu. J'avais pendu le chat. Je lançai un coup d'œil inquiet sur le lit de Fuchs, il était vide. Fuchs était certainement déjà auprès du chat, cela me laissait un peu de solitude pour me rendre compte...

Le fait m'avait surpris comme si ce n'était pas moi l'étrangleur. Se réveiller soudain pour tomber dans quelque chose de si invraisemblable. Pourquoi, grand Dieu, l'avais-je étranglé? Je me rappelai alors que, pendant l'opération, j'avais éprouvé la même impression d'assaillir Léna que lorsque j'avais attaqué sa porte, oui, je me rapprochais d'elle en étranglant son chat bien-aimé, rageant de ne pouvoir faire autrement! Mais pourquoi l'avais-je pendu à ce crochet, quelle sottise, quel aveuglement! Pis encore : en y réfléchissant, à demi habillé, un vague sourire sur mon visage déformé qui m'apparaissait dans la glace, je ressentis autant de satisfaction que de confusion, comme après un bon tour. Et je murmurai même « il pend », avec joie, avec volupté. Que faire? Comment m'en sortir? Là-bas, ils allaient sûrement examiner l'affaire sous tous les angles — personne ne m'avait-il vu?

J'avais étranglé le chat.

Cela me renversait! Le chat étranglé pendait à son crochet et moi, il ne me restait plus qu'à déjeuner et à feindre de ne rien savoir. Mais, pourquoi donc l'avais-je étranglé? Tant d'éléments accumulés, tant de trames emmêlées, Léna, Catherette, les signes, les coups, et tout le reste, ne serait-ce que la grenouille, ou le cendrier..., je me perdais dans ce fouillis, il me vint même à l'esprit que c'était à cause de la théière, et donc j'avais tué par surcroît, par excès, en supplément, autrement dit l'étranglement avait été, comme la théière, un extra. — Non, ce n'était pas vrai! Le fait d'avoir étranglé le chat ne se rattachait pas à la théière. Alors à quoi rattacher, à quoi rapporter le chat? Je n'avais pas le temps de réfléchir, il me fallait descendre et faire front à la situation, qui, même sans cela, était déjà bien étrange, gorgée de bizarreries nocturnes...

Je descendis. En bas, personne; je devinai que tous étaient dans le jardin. Avant de me montrer sur le perron, je regardai par la fenêtre, caché derrière les rideaux. Le mur. Sur le mur, le cadavre du chat. Pendant à un crochet. Devant le mur, des gens, et parmi eux, Léna. A distance, avec l'éloignement, cela faisait penser à un symbole. Mon apparition sur le perron n'était pas chose indifférente, elle avait tous les caractères d'un saut dans l'inconnu : si quelqu'un m'avait vu, si j'allais, dans un instant, devoir balbutier, paralysé par la honte?

Je marchais lentement sur le gravier du sentier, le ciel était une sauce, avec le soleil fondu dans un espace blanchâtre, les grandes chaleurs s'annonçaient à nouveau, quel été! Je m'approchai et l'image du chat devint de plus en plus nette, la langue sortait de biais, les yeux étaient exorbités... il était pendu. Je pensais que s'il ne s'était pas agi d'un chat, cela aurait mieux valu, le chat est affreux par nature, il y a dans le chat quelque chose de mou, de duveteux, avec un besoin enragé de cris rauques, de grattements, de coassements, oui, de coassements horribles, le chat se prête à la caresse, mais aussi à la torture, le chat est mignon, mais aussi monstrueux... Je marchais lentement pour gagner du temps, surpris par le spectacle diurne de mon acte nocturne, mal séparé des mystères de la nuit. Il me sembla du reste que tous avaient cette lenteur, eux aussi remuaient lentement; Fuchs, penché en avant, examinait le mur et le sol devant, ce qui m'amusa. Je fus frappé par la beauté de Léna, beauté soudaine, extraordinaire, et je pensai, effrayé : Oh, comme elle a embelli depuis la chose d'hier!

Léon, les mains dans les poches, demanda :

— Qu'est-ce que vous en dites?

Une touffe de cheveux pommadés se dressait sur sa calvitie comme un pilote.

Je respirai. Ils ne savaient pas que c'était moi. Personne ne m'avait vu.

Je m'adressai à Léna :

— Quel chagrin pour vous!

Je la regardai. Dans sa blouse légère, sa jupe bleu marine, elle était repliée sur elle-même, la bouche tendre, les bras le long du corps comme un jeune conscrit... et les pieds, les petites oreilles, le petit nez, trop minces, trop fins. Cela m'irrita d'abord. J'avais liquidé son chat, je lui avais fait ça brutalement, lourdement, et ses petits pieds restaient si menus!

Mais ma fureur se transforma en délice. Elle-même, que l'on me comprenne, se trouvait trop menue devant le chat et en avait honte, j'en étais sûr, elle avait honte du chat! Ah! Trop menue pour tout, un peu plus petite qu'il n'eût fallu, elle n'était bonne que pour l'amour, pour rien d'autre, et c'est pourquoi elle avait honte du chat... parce qu'elle savait que tout ce qui pouvait se rapporter à elle devait avoir un sens amoureux... et si elle ne pouvait pas deviner qui, elle avait quand même honte du chat, car ce chat était à elle, rattaché à elle...

Mais le chat était aussi à moi, il avait été étranglé par moi... Il était à nous deux.

Me réjouir? Vomir?

— Vous ne savez rien? demanda Léon. Ni qui ni comment? Vous n'avez rien remarqué?

Non, je ne savais rien, la veille je m'étais promené très tard, j'étais rentré bien après minuit en passant tout droit par le perron, j'étais incapable de dire si le chat était déjà pendu à ce moment — au fur et à mesure que je débitais ces témoignages mensongers, je sentais monter en moi la joie de les induire en erreur et d'être désormais non plus avec eux, mais contre eux, de l'*autre* côté. Comme si le chat m'avait fait passer de l'autre côté, sur le plan où se déroulaient des mystères, sur le plan des hiéro-glyphes. Non, je n'étais plus avec eux. J'étais chatouillé par une envie de rire à la vue de Fuchs, qui cherchait laborieusement des traces au pied du mur et écoutait avec attention mes mensonges.

C'est moi qui connaissais le secret du chat. C'était moi le coupable.

— L'avoir pendu! Pendre un chat! s'écria Bouboule avec colère, puis elle se ferma comme s'il lui était arrivé quelque chose.

Catherette émergea de la cuisine et vint à nous à travers les plates-bandes. Sa bouche « trafiquée » s'approcha de la gueule du chat. Je sentis qu'en marchant elle avait la sensation de porter en elle quelque chose d'apparenté à cette gueule et cela me causa une satisfaction soudaine, comme si mon chat s'était installé plus solidement de l'*autre* côté. Sa lèvre s'approcha du félin, tous les doutes que m'avait inspirés sa photographie si innocente s'envolèrent, elle s'approchait, déformée et répugnante, avec sa déviation glissante : une étrange analogie dans la saleté se manifestait — et une sorte d'obscur frisson nocturne parcourut ma colonne vertébrale. En même temps, je ne quittais pas Léna des yeux. Mon étonnement, mon sursaut caché, ou ravi, que sais-je? mon émotion, quand je sentis que sa honte augmentait à mesure que cette perversion buccale s'approchait du chat... La honte est de nature étrange, contradictoire : en se défendant contre une chose elle l'attire dans la zone la plus intime et la plus confidentielle, et c'est ainsi que Léna, honteuse du chat et du rapport lèvre-chat, introduisait cela dans la zone de ses secrets personnels. Grâce à cette honte, le chat se rattachait à la lèvre de Catherette, comme un rouage s'engrenant sur un autre! A mon cri muet de triomphe se mêla un gémissement : par quel miracle diabolique cette beauté fraîche et naïve pouvait-elle absorber cette horreur... et par sa honte confirmer mes imaginations!

Catherette avait à la main une boîte, c'était notre

boîte contenant une grenouille, oh! Fuchs avait oublié de l'emporter quand nous étions ressortis.

— Moi, j'ai trouvé ça chez moi, dans ma chambre, c'était sur l'appui de fenêtre.

— Qu'y a-t-il dans cette boîte? demanda Léon. Catherette entrouvrit le couvercle.

— Une grenouille.

Léon leva les bras au ciel mais Fuchs intervint avec une énergie inattendue.

— Pardon! dit-il en prenant la boîte des mains de Catherette. Plus tard. Ça pourra s'expliquer. Pour le moment, je voudrais que nous allions tous dans la salle à manger. Je voudrais dire quelques mots. Laissons le chat comme il est, je reviendrai l'examiner plus tard tranquillement.

Cet animal voulait-il jouer encore au détective?

Nous revînmes avec lenteur vers la maison, moi, Bouboule qui ne disait rien, désagréable, l'air offensé, Léon avec son costume froissé et sa mèche en l'air. Lucien n'était pas là, il ne rentrait que le soir de son bureau. Catherette retourna à la cuisine.

— Écoutez-moi! commença Fuchs dans la salle à manger. Il faudrait être franc. C'est un fait qu'il se passe des choses ici.

Drozdowski, tout ça pour oublier Drozdowski, mais on voyait qu'il s'accrochait et qu'il ne lâcherait pas le morceau.

— Il se passe des choses. Witold et moi, dès notre arrivée, nous l'avions remarqué, mais nous ne pouvions guère en parler parce qu'il n'y avait rien de certain, c'était seulement une impression. Mais tout de même il faut un peu de franchise.

— Justement je... commença Léon.

— Permettez! dit Fuchs en l'interrompant; sur quoi il rappela comment, en venant ici pour la première fois, nous étions tombés sur le moineau pendu. Un phénomène assurément insolite. Il raconta ensuite comment nous avions découvert une sorte de flèche sur le plafond de notre chambre.

— Flèche ou pas flèche, cela pouvait être une illusion, d'autant plus que la veille nous avions déjà cru en voir une au plafond ici, là-haut, vous vous souvenez? Une flèche ou peut-être un râteau... l'autosuggestion n'est pas exclue, *attenti!* Mais nous, par simple curiosité, vous voyez, à titre d'exercice, nous avons décidé de regarder de près.

Il décrivit notre découverte, la position du bout de bois, la niche dans le mur, et il ferma les yeux.

— Hum... il faut en convenir... un moineau pendu... un bout de bois pendu... il y a quelque chose là-dedans... Si encore ce n'avait pas été dans la direction indiquée par la flèche...

Je me réjouis aussitôt à la pensée du chat pendu — pendu comme le bout de bois — comme le moineau — je me réjouis de cette symétrie! Léon se leva, il voulait tout de suite aller voir le bout de bois, mais Fuchs le retint :

— Attendez un peu. Je vais d'abord tout raconter.

Son récit fut pénible, des suppositions et des analogies diverses l'enveloppaient comme des toiles d'araignée; je le vis faiblir, il rit même à un certain moment de lui et de moi, puis il redevint grave et, las comme un vieux pèlerin, s'expliqua sur le timon, le timon qui indiquait une direction... Écoutez, pourquoi n'aurions-nous pas vérifié? Si nous avions vérifié pour la flèche, nous pouvions en faire autant pour le timon. Comme ça, simple vérification. A tout hasard. Ce n'est pas que nous avions la moindre méfiance à l'égard de Catherette... C'était pour

vérifier seulement! Et à tout hasard j'avais une grenouille dans une boîte, pour pouvoir alléguer une
plaisanterie si on nous avait surpris. Je l'ai oubliée
en sortant et c'est pourquoi Catherette nous l'a
apportée.

— Une grenouille, dit Bouboule.

Il raconta la perquisition, nous avions cherché
partout sans succès, et rien, rien du tout, mais
imaginez-vous que nous avons fini par tomber sur
un certain détail, minuscule, certes, tout à fait
secondaire, d'accord, mais répété beaucoup plus
de fois qu'il n'était permis... vous jugerez vous-
mêmes, je veux simplement énumérer...

Et il se mit à réciter, mais sans conviction, trop
faiblement!

L'aiguille enfoncée dans la table.

La plume enfoncée dans une écorce de citron.

La lime à ongles enfoncée dans une petite boîte.

L'agrafe enfoncée dans le carton.

La seconde agrafe enfoncée dans le carton.

Le clou enfoncé dans le mur, juste au-dessus
du plancher.

Oh, comme cette litanie l'avait affaibli! Fatigué,
épuisé, il aspira profondément, frotta le bord de ses
yeux saillants et s'arrêta comme un pèlerin qui n'a
plus la foi, et Léon croisa les jambes et ce geste
acquit aussitôt une signification d'impatience,
Fuchs alors s'effraya, il manquait de confiance en
lui, Drozdowski l'avait liquidée. J'enrageais de me
voir figurer ainsi en sa compagnie, moi qui avais de
mon côté ces histoires à Varsovie avec ma famille;
repoussant, répugnant, quelle guigne, mais que
faire?

— Des aiguilles, des écorces de citron... grogna
Léon.

Il n'ajouta rien, mais cela suffisait : des aiguilles, des écorces de citron, c'est-à-dire des bêtises, des bêtises, un tas de saletés, et nous deux au milieu, comme des chiffonniers.

— Attendez! s'écria Fuchs. Le hic c'est que, comme nous sortions de là-bas, vous (il se tourna vers Bouboule), vous aussi vous enfonciez quelque chose! A coups de marteau! Sur cette souche, près de la petite porte. Et de toutes vos forces!

Il regarda de côté. Il arrangea sa cravate.

— Moi, j'enfonçais quelque chose?

— Oui, vous.

— Et alors?

— Quoi, « alors »! Tout est enfoncé là-bas, et vous aussi, vous enfonciez quelque chose!

— Je n'enfonçais rien du tout, je frappais seulement sur la souche.

Bouboule extrayait des paroles avec une patience infinie, torturée.

— Léna, mon ange, explique pourquoi je frappais sur la souche.

Sa voix devenait impersonnelle, minérale, et son regard semblait arborer la devise « souffrir jusqu'au bout ».

Léna se replia sur elle-même : c'était moins un mouvement qu'une apparence de mouvement. Elle ressemblait à un escargot, à certains arbustes, à tout ce qui recule ou se protège devant un contact.

Elle avala sa salive.

— Léna, dis la vérité!

— Maman, de temps en temps... C'est une sorte de crise. Les nerfs. Cela se produit de temps à autre. Alors elle prend n'importe quoi... pour se décharger les nerfs. Et elle frappe. Ou elle casse, si c'est du verre.

Elle mentait. Non, elle ne mentait pas! C'était vérité et mensonge à la fois. Vérité, parce que cela correspondait aux faits. Et mensonge, parce que l'importance de ses paroles — je le savais déjà — ne venait pas de leur vérité, mais de ce qu'elles provenaient d'elle, comme son regard, comme son parfum. Ce qu'elle disait était incomplet, compromis par son charme, inquiet et comme suspendu... Qui, sauf sa mère, pouvait comprendre un tel embarras? Bouboule se hâta donc de traduire son témoignage dans un langage plus concret de vieille femme :

— Moi, Messieurs, tout le long de la journée. Tout le long de l'année. Du matin au soir. A trimer. Vous me connaissez, vous savez que je suis tranquille, que j'ai du tact et de l'éducation. Mais quand cette tranquillité s'en va... alors je m'en prends à n'importe quoi.

Elle réfléchit et dit avec sérieux :

— Je m'en prends à n'importe quoi!

Elle ne put y tenir et hurla, déchaînée :

— A n'importe quoi!

— Mon ange! dit Léon, à qui elle cria :

— A n'importe quoi!

— A n'importe quoi... dit Léon, sur quoi elle cria :

— Non, pas à n'importe quoi! A n'importe quoi!

Puis elle se calma.

De mon côté j'étais très calme sur ma chaise.

— C'est bien compréhensible! dit Fuchs, qui se confondait en politesses. C'est tout à fait naturel... Avec tant de travail et de soucis... Les nerfs, oui, oui! Donc tout s'explique... mais juste après, n'y a-t-il pas eu un autre vacarme, qui semblait venir de la maison, de l'étage?

— C'était moi, prononça Léna.

— C'était elle, déclara Bouboule avec une patience sans bornes. Dès qu'elle entend que ça me prend, ou bien elle accourt et me prend par le bras, ou bien elle fait beaucoup de bruit à son tour. Pour que je reprenne mes esprits.

Tout s'expliquait. Léna ajouta encore quelques détails. Elle rentrait justement avec Lucien, et, entendant le tumulte maternel, elle avait saisi un soulier de son mari (son mari était à la salle de bains) et en avait frappé la table, puis une valise... Tout s'était expliqué, les énigmes de la nuit s'étaient échouées sur le sable des éclaircissements. Cela ne me surprit pas, je m'y attendais, mais c'était pourtant tragique : les événements que nous avions vécus nous échappaient des mains comme des balayures, cela traînait à nos pieds, aiguilles, marteaux, et tous ces coups, et tous ces clous... Je regardai la table et vis une carafe sur une soucoupe, le ramasse-miettes en forme de [croissant, les lunettes de Léon et d'autres objets, avachis comme s'ils avaient exhalé leur dernier souffle — et indifférents.

A cette indifférence des objets s'associait l'indifférence des gens, presque hostiles et déjà proches de la sévérité, comme si nous commencions à les agacer. Mais je me rappelai soudain le chat et cela me ragaillardit : là-bas, sur le mur, un peu d'horreur subsistait malgré tout, avec cette gueule grande ouverte. De plus, je pensai que si deux de nos vacarmes gisaient désormais par terre, éclaircis, impuissants, il m'en restait encore un, moins facile à expliquer, et même redoutable, un vacarme vraiment très embarrassant... Comment Léna allait-elle se tirer de ce bruit que j'avais fait en tambourinant à sa porte?

Je l'interrogeai. Il y avait eu deux séries de bruits venant d'en haut, n'est-ce pas? L'une suivant l'autre. « J'en suis sûr, j'étais près de la porte d'entrée, mentis-je, quand cette seconde série de coups a commencé. Et ce deuxième vacarme était différent du premier. »

Frapper! Frapper dans sa direction! Comme la nuit, à sa porte! Avais-je touché la corde sensible? Qu'allait-elle répondre? C'était comme si je me trouvais de nouveau devant sa porte en train de frapper. Devinait-elle qui avait tambouriné à sa porte? Pourquoi n'en avait-elle pas encore soufflé mot?

— Un deuxième vacarme?... Ah oui, après un moment je me suis remise à frapper... du poing contre les volets... J'étais énervée. Je n'étais pas sûre que maman soit calmée.

Elle avait menti.

Par honte, en se doutant que c'était moi? Bon, mais Lucien... Lucien était pourtant avec elle, il avait entendu mes coups, pourquoi n'avait-il pas ouvert la porte? Je demandai :

— Et monsieur Lucien? Il était avec vous?

— A ce moment-là Lucien était dans la salle de bains.

Ah, ah, ainsi Lucien était dans la salle de bains, elle était seule dans la chambre, moi je me mets à frapper, elle n'ouvre pas, peut-être devine-t-elle que c'est moi ou peut-être non, en tout cas elle sait que si l'on frappe, qui que ce soit, c'est pour elle. Effrayée, elle n'ouvre pas. Et maintenant elle ment en prétendant que c'est elle qui a tapé! O bonheur, triomphe, mon mensonge avait accroché le sien et nous nous rejoignions dans un mensonge commun et par mon mensonge je m'implantais dans le sien!

Léon revint à la question :

— Qui a pendu le chat ?

Il remarqua avec gentillesse qu'il ne valait pas la peine de s'occuper de ces tapages, tout s'était expliqué, lui-même ne pouvait rien dire à ce sujet, son bridge avait duré jusqu'à trois heures du matin — mais qui avait pendu le chat, pourquoi ce chat avait-il été pendu ? Il demandait avec une insistance qui, sans être dirigée contre quelqu'un en particulier, planait, menaçante :

— Qui l'a pendu ? Je voudrais savoir qui !

Une aveugle obstination possédait son visage, sous la couronne de sa calvitie. Il demandait de bonne foi et à juste titre :

— Qui a pendu le chat ?

Il insistait et cela commençait à m'inquiéter. Alors Bouboule jeta, impassible :

— Léon.

Et si c'était elle ? Si c'était elle qui avait tué le chat ? Je savais bien qui l'avait tué puisque c'était moi, mais par son « Léon » elle attira tous les regards, l'insistance de Léon parut avoir trouvé son but et s'abattit sur elle. Moi, malgré tout, j'avais l'impression qu'elle *aurait pu* le faire, que si elle avait, dans sa crise, tapé à coups de marteau, elle avait très bien pu, dans la même crise, taper sur le chat... et cela n'étonnait pas de sa part, de ses courtes extrémités et de ses grosses attaches, de son torse court, riche en bontés maternelles, oui, elle *aurait pu*, et tout cela ensemble, le torse, les extrémités, etc., *pouvait* avoir étranglé et pendu le chat !

— Tri-li-li !

Léon fredonna.

... Et une satisfaction cachée résonnait dans sa

musiquette, qui s'interrompit aussitôt... Il y avait
là quelque chose de méchant. Cette méchanceté...

Satisfaction de voir que « Bou-bou-bou-bouloche »
n'avait pu supporter sa question et que l'insistance
l'avait atteinte, qu'elle avait ainsi attiré tous les
regards ? Donc... donc, c'était peut-être lui, et personne d'autre, mais oui, il avait très bien pu le faire,
pourquoi pas ? lui qui faisait des boulettes de pain,
qui jouait avec elles, et s'amusait, et les poussait
avec un cure-dent, chantonnait, découpait de l'ongle des pelures de pommes, « pensait » et combinait...
pourquoi donc n'aurait-il pas étranglé, pendu le
chat ? C'est moi qui l'avais étranglé. Oui, c'est moi
qui l'avais pendu. Je l'avais pendu, je l'avais étranglé, mais lui *pouvait* l'avoir fait... Il *pouvait* l'avoir
pendu et *pouvait* maintenant se réjouir mécham-
ment de voir sa femme en transes ! Et s'il n'avait pas
pendu le chat (puisque c'était moi), il avait pu
pendre le moineau... et le bout de bois !

Car le moineau et le bout de bois ne cessaient pas
d'être des énigmes parce que j'avais pendu le chat !
Et tous deux restaient pendus là-bas, loin, comme
deux foyers de ténèbres.

Les ténèbres ! J'en avais besoin ! Elles m'étaient
nécessaires pour prolonger la nuit où j'avais frappé
à la porte de Léna ! Et Léon rejoignait peut-être,
lui aussi, ces ténèbres car sa conduite révélait la
possibilité d'un sybaritisme luxurieux, d'une bac-
chanale hermétique et masquée valsant sur les
confins de cette honnête demeure — ce qui aurait
été moins vraisemblable s'il n'avait pas arrêté net
sa chansonnette de peur de se trahir... Ce « tri-li-li »
rappelait le sifflement joyeux d'un voyou dont la
femme vient de tomber par terre... Fuchs voyait-il,

lui aussi, que cet honorable époux et père, retraité ne quittant pas sa maison, sauf pour un petit bridge, pouvait, à la table familiale et sous l'œil de son épouse, avoir ses amusements privés? Et s'il s'amusait avec des boulettes de pain, pourquoi n'aurait-il pu flanquer des flèches sur les plafonds? Et se livrer à d'autres plaisirs secrets?

Un penseur! C'était un penseur, oui, il pensait, pensait... et pouvait inventer bien des choses...

Vacarme, tremblement, grondement, un camion, un gros, avec sa remorque, sur la route, il est passé, les buissons, il disparaît, les vitres cessent de vibrer, nous détournons les yeux de la fenêtre — mais cela avait réveillé « tout le reste », l'au-delà, l'au-delà de notre petit cercle, et, par exemple, j'entendis les aboiements des jeunes chiens dans le jardin proche, j'aperçus la carafe d'eau sur la petite table, rien d'important, non, rien, mais une intrusion, l'intrusion de l'extérieur, du monde entier, cela bouleversait nos positions et l'on se mit à parler avec plus de désordre en disant que personne d'inconnu n'aurait pu, à cause des chiens, parce que les chiens l'auraient attaqué, et l'an dernier il y avait eu des voleurs qui rôdaient, et ainsi de suite, cela dura longtemps, au hasard, moi je continuais à discerner des échos lointains, profonds, comme si l'on piaffait, claquait quelque part, et aussi un bruit de cuivre, comme celui d'un samovar... et de nouveau des aboiements, j'étais fatigué et découragé, et alors il me sembla que quelque chose recommençait peut-être à s'ébaucher...

— Qui t'a fait ça? Pourquoi t'avoir fait ça? Ma chérie!

Bouboule embrassa Léna. Elles s'étreignirent. Cette étreinte me parut désagréable, comme dirigée contre moi, et je redevins vigilant, mais c'est quand je sentis qu'elle se prolongeait d'une demi-seconde (qui la rendait excessive, traînante, exagérée) que je dus vraiment me tenir sur mes gardes! Qu'était-ce? Pourquoi? Bouboule débarrassa Léna de ses bras trop courts.

— Qui t'a fait ça?

Que voulait-elle? Qui visait-elle? Pas Léon; alors moi, peut-être? Oui, moi et Fuchs; par cette étreinte avec Léna, elle attirait en plein jour toute l'obscure passion de ce meurtre du chat, oh certes oui : « Quit 'a fait ça? » autrement dit : « C'est à toi qu'on a fait ça, ce ne peut être que par passion, et qui donc soupçonner sinon ces deux jeunes gens arrivés depuis peu? » Volupté! Volupté de sentir que le chat devenait un objet amoureux!... Mais attention, danger! j'hésitai, que dirais-je? Impasse, lacune, vide, néant, finalement j'entendis que Fuchs parlait. Il parlait tranquillement, comme s'il ne prêtait pas attention à Bouboule, comme s'il réfléchissait à haute voix :

— D'abord on a pendu un poulet. Ensuite un moineau. Ensuite un bout de bois. C'est toujours le même acte de pendre, avec diverses variantes. Et voilà déjà longtemps que ça dure, le moineau sentait déjà plutôt mauvais quand nous l'avons trouvé, le premier jour...

En effet, Fuchs n'était pas si bête, c'était un bon argument, on avait commencé à pendre bien avant notre arrivée, donc nous étions au-dessus de tout soupçon... hélas... quel dommage!

— C'est vrai! murmura Léon, et je me dis que lui aussi avait dû nous avoir à l'œil un moment.

On se remit à parler. « Catherette? disait Bouboule, exclu! Catherette? Mais c'est impossible!

Elle est malade de chagrin, tellement elle aimait Jacquot, elle est comme une âme en peine, je l'ai connue enfant, grand Dieu, sans mon dévouement, sans mes soins... » Elle parlait, mais elle parlait trop, comme ces vieilles dames qui tiennent des pensions de famille, et je me demandais si elle n'était pas *trop* ce qu'elle était, mais je perçus un bruit d'eau coulant d'un robinet et comme une voiture qui démarrait... « Quelqu'un est entré en cachette, disait Léon, mais pendre un chat...! Qui entrerait ainsi pour pendre un chat? Et les chiens des voisins... ne l'auraient pas laissé... » Le bras me fit mal. Je regardai par la fenêtre, les buissons, le sapin, le ciel, la chaleur, une feuille collée sur le carreau. Puis Léon dit qu'il aurait voulu examiner le bout de bois et les autres signes.

— Les signes? Mais vous en voyez peut-être d'ici. (C'est Fuchs qui avait parlé.)

— Comment? je vous demande pardon.

— Qui peut parier qu'il n'y a pas d'autres signes, ici même, dans cette pièce... que nous n'aurions pas encore remarqués?

— Et vous? demandai-je à Léna. Vous ne soupçonnez personne?

Elle se replia...

— Je crois que personne ne me veut de mal... (En cette seconde je compris que moi non plus je ne lui voulais pas de mal... oh, mourir! ne plus exister! Quelle charge, quelle croix! La mort!)

Léon fit entendre des plaintes gémissantes.

— Comme c'est... comme c'est... désagréable, Messieurs, déplaisant... Comme c'est... méchant! Parce que si l'on savait au moins à quoi s'accrocher, mais non, on ne sait pas, parce que par la clôture ce n'est pas possible, de l'intérieur non plus, et qui? ni

de droite, ni de gauche, extraordinaire, moi j'appel-
lerais la police, mais à quoi bon, pour faire marcher
les langues? Il y a de quoi rire, on ne rirait que trop,
on ne peut même pas appeler la police, et pourtant,
Messieurs... et pourtant, chat ou pas chat, il ne
s'agit pas du chat, c'est que le fait lui-même est
anormal, une sorte d'aberration ou, en tout cas, cela
donne à penser, et on peut penser et imaginer tout
ce qu'on veut, ne se fier à personne, soupçonner tout
le monde, car peut-on jurer que personne de nous,
qui sommes assis tranquillement... puisque c'est une
folie, une perversion, une aberration, donc cela peut
arriver à n'importe qui, à moi, à ma femme, à
Catherette, à vous, Messieurs, à ma fille, si c'est
une aberration rien n'est garanti, aberrationus flat
ubi vult, ha ha ha, comme on dit, elle peut se produire partoutibus, dans chacun, dans chaque personne et sous toutes les formes, ha ha, hum! Quelle
bassesse! Quelle... cochonnitude, quel encochon-
naillement... que moi, à la fin de ma vie, dans ma
famille, dans mon foyer, je ne sache même pas qui
je fréquente, où je suis, que je sois dans ma propre
maison comme un chien errant, que je ne puisse me
fier à autrui, que ma maison soit une maison de
fous... et c'est pour cela que toute mon existence...
tous les efforts, les travaux, les soucis, les fatigues,
les craintes de toute une vie, que je ne peux ni
compter ni me rappeler, des années entières, mon
Dieu, des années, avec les mois, les semaines, les
journées, les minutes, les secondes, innombrables,
ineffaçables, une montagne de secondes arrosée de
mes peines... tout ça, pour en venir à ne plus avoir
confiance en personne? Pourquoi? Pour quelle
raison? On pourrait dire que j'en fais tout un drame,
et que le chat, ce n'est pas grand-chose, mais, Mes-

sieurs, l'affaire est grave, grave, qui pourrait affirmer qu'on s'en tiendra au chat, qu'après le chat ce ne sera pas le tour d'un animal plus gros, s'il y a un fou dans la maison, peut-on savoir, naturellement je ne veux pas exagérer, mais impossible maintenant d'avoir la paix tant qu'on n'aura pas eu d'explication, on est dans sa propre maison à la merci de... oui, à la merci...

— Tais-toi!

Il jeta sur Bouboule un regard douloureux :

— Me taire, me taire, bon... mais je n'en pense pas moins. Et je ne m'arrêterai pas de penser.

Léna dit entre ses dents « si tu t'arrêtais » et il me parut que dans cette façon de parler se manifestait quelque chose de nouveau, quelque chose qui ne se trouvait pas en elle jusque-là, mais... peut-on savoir? Peut-on savoir, je me le demande? Une voiture, cahotante, passe sur la route, j'aperçois seulement les têtes derrière le dernier buisson, les chiens aboient, un volet craque à l'étage, un enfant pleurniche, bruit des profondeurs, général, collectif, orchestré, et sur l'armoire la bouteille, son bouchon... Pourrait-elle tuer un petit enfant? Avec un regard pareil, si doux? Mais si elle le tuait, cela se fondrait aussitôt dans son regard en une parfaite unité, on verrait alors qu'une infanticide peut avoir un regard très doux... Peut-on savoir? Le bouchon. La bouteille.

— Qu'est-ce qui vous prend? dit Léon irrité.

Puis il demanda humblement à Fuchs :

— Peut-être nous donnerez-vous un bon conseil? Allons voir la flèche et le bout de bois...

Il faisait très chaud, c'était une de ces heures où, dans les petites pièces du rez-de-chaussée, on étouffe, on voit voler la poussière, on se sent accablé;

les pieds me faisaient mal, la maison était ouverte et il y avait toujours quelque chose, quelque part, et un oiseau vola, tout bourdonnait, j'entendais Fuchs : « ... là je suis d'accord avec vous, Monsieur, de toute façon nous avons bien fait de nous entendre ainsi, et si quelqu'un remarquait du nouveau, il faut aussitôt que nous en prenions connaissance »... Drozdowski. Drozdowski. Le tout émergeait lourdement d'un goudron gluant, comme un homme, qui a pu remonter à l'air libre la moitié de son corps, se met déjà à genoux, mais va tout de suite retomber. Tant de détails, tant de détails à considérer... Je me rappelai que je n'avais pas pris mon petit déjeuner. J'avais mal à la tête. Je voulus allumer une cigarette, je fouillai dans ma poche, pas d'allumettes, il y en avait à l'autre bout de la table, à côté de Léon, les lui demander ou pas ? à la fin je lui montrai ma cigarette, il hocha la tête, il tendit la main, il poussa vers moi la boîte, je tendis la main à mon tour.

VI

Il fut enterré de l'autre côté de la clôture, au bord
de la route. Ce fut le travail de Lucien quand, rentré
de son bureau, on lui eut tout raconté. Il eut une
expression de dégoût, grommela « sauvagerie »,
serra Léna contre lui et se mit à enterrer le chat dans
le fossé. Moi, j'allais çà et là... Étudier, il n'en était
pas question, bien entendu, je sortis sur la route, je
rentrai, je marchai dans le jardin. De loin, avec prudence pour ne pas me faire remarquer, j'examinai le
pin où j'avais grimpé et la souche sur laquelle Bouboule avait frappé, la porte de la chambre de Catherette, et l'endroit, à l'angle de la maison, où je me
trouvais quand j'avais entendu le vacarme de
l'étage... Dans ces lieux et dans ces choses, dans
l'assemblage de ces choses et de ces lieux, se cachait
le sentier qui m'avait conduit à étrangler. Si j'avais
su vraiment déchiffrer cet ensemble de choses et de
lieux, j'aurais peut-être connu la vérité sur cet
étranglement.

Je fis même un tour à la cuisine sous un prétexte
quelconque, afin de vérifier une fois de plus la bouche de Catherette. Mais il y avait trop de choses, le
labyrinthe se développait, une multitude d'objets,

113

une multitude d'endroits, une multitude d'événements, chaque pulsation de notre vie se décompose en milliards de fragments, que faire? Voilà, je ne savais que faire de mes mains. Je n'avais absolument rien à faire. J'étais désœuvré.

Je retournai même à la chambre vide où j'avais vu pour la première fois Léna et sa jambe sur le fer du lit; en revenant, je m'arrêtai dans le corridor pour me rappeler le grincement du plancher sous mes pas quand, cette première nuit, j'étais sorti pour retrouver Fuchs. Que cherchais-je? Qu'est que je cherchais? La tonalité de base? Le thème dominant, l'axe autour duquel j'aurais pu recréer, recomposer mon histoire personnelle? Mais la distraction, et non seulement la mienne, intérieure, mais aussi celle qui venait de l'extérieur, de la multiplicité et de la profusion, la distraction ne me laissait me concentrer sur rien, une bagatelle me détournait d'une autre, tout avait autant et aussi peu d'importance, je m'approchais et m'éloignais...

Le chat. Pourquoi lui avais-je étranglé son chat? Je pensai qu'il aurait été plus facile de trouver une réponse si mes sentiments à son égard avaient été moins obscurs. Mais de quoi s'agit-il? me disais-je en foulant le gazon comme l'autre jour. De quoi s'agit-il? D'amour? Quel amour? De passion? Oui, mais quelle espèce de passion? Que voulais-je d'elle? La caresser? La torturer? L'humilier? L'adorer? Voulais-je avec elle faire l'ange ou le salaud? Était-il important pour moi de me vautrer sur elle ou de la prendre dans mes bras? Le savais-je? Voilà le problème, je n'en savais rien... Je pouvais lui relever le menton et la regarder dans les yeux, que sais-je, que sais-je... Et lui cracher dans la bouche. Mais elle pesait sur ma conscience, elle émergeait comme d'un rêve, lourde d'un désespoir qui se traînait comme une chevelure dénouée... Et le chat semblait alors plus terrible.

Rôdant, je fis un tour du côté du moineau, malgré mon tourment de voir que ce moineau jouait un rôle disproportionné et que, sans que l'on sût pourquoi, il s'imposait toujours, immobile. Et l'important, c'était que quelque chose semblait bien passer au premier plan, quelque chose de plus en plus significatif... découlant de ce que le chat avait été non seulement étranglé par moi, mais pendu.

D'accord, je l'avais pendu parce que je ne savais que faire de ce cadavre, l'idée de le pendre m'était venue machinalement, après toutes nos scènes avec le moineau et le bout de bois... Je l'avais pendu par colère et même par rage de m'être laissé attirer dans une sotte aventure, par vengeance donc, et aussi pour jouer un mauvais tour, pour rire, et en même temps pour diriger ailleurs les soupçons — d'accord, oui, d'accord — mais en tout cas je l'avais pendu et cette pendaison, quoiqu'elle me fût propre, quoiqu'elle vînt de moi, se rattachait à celle du moineau et du bout de bois : trois pendaisons, c'est autre chose que deux, c'est un fait. Un fait nu. Trois pendaisons. Ainsi la pendaison commençait à grossir par ce temps torride, sans un nuage, et il n'était donc pas tellement absurde d'aller dans les fourrés, jusqu'au moineau, de voir comment celui-ci pendait : cela s'imposait tout seul à moi, qui errais en attendant qu'enfin quelque chose domine, règne. Voir comment il pendait?... Je m'arrêtai juste avant les buissons et restai là, le pied en l'air, dans l'herbe. Non, mieux vaut pas, laissons ça, si j'y vais la pendaison en deviendra plus puissante, il faut faire attention... Qui sait, oui, c'est même presque sûr, si nous n'avions pas trouvé le moineau en passant, il ne serait pas devenu ce qu'il était, donc il valait mieux être prudent! Et je restai sur place, sachant très bien que toutes ces hésitations ne pouvaient que renforcer l'importance de ma marche en avant dans les buissons... qui s'ensuivit. J'y allai. Sous les ombrages, il faisait bon. Un papillon s'envola soudain. J'y étais enfin : une voûte de feuillages, une cavité plus sombre... là, pendu à un fil de fer, le voilà.

Toujours occupé à la même chose, faisant toujours la même chose, il pendait, tout comme lorsque Fuchs et moi étions venus; il pendait, il pendait toujours. J'examinai la petite boule desséchée, de moins en moins semblable à un moineau : amusant, il y avait de quoi rire, ou plutôt non, mais d'un autre côté je ne savais pas trop, puisqu'en définitive j'étais là, ce n'était peut-être pas seulement pour regarder... Je ne trouvais pas le geste approprié, peut-être le saluer de la main, dire quelque chose? Non, tout de même pas, c'était excessif... Comme ces taches de soleil s'étendent sur la terre noire! Et ce ver! Une souche, un sapin rond. Eh bien, il est évident que je suis venu ici et lui ai apporté ma pendaison du chat, ce n'est pas du tout une plaisanterie, mais un acte conscient et volontaire, amen. Amen. Amen. Les petites feuilles ont leurs bords recroquevillés, c'est à cause de la chaleur. Que pouvait contenir cette boîte qu'on a jetée là, qui l'a jetée? Oh, des fourmis! je n'avais pas remarqué. Bon, allons-nous-en. Comme tu as bien fait d'associer ta pendaison du chat à celle du moineau! Maintenant, c'est tout à fait différent! Pourquoi différent? Ne me le demande pas. Allons-nous-en, qu'est-ce que ce chiffon?

J'ouvrais déjà la petite porte du jardin et je grillais sous le soleil d'un ciel dilué, tremblant. Le dîner. Justement, comme toujours, Léon plaisanteribus, pâpâté en croûcroûte. Bouboulouloute papapoum, et pourtant la gêne et la tension provenant du chat devenaient contagieuses et, bien que chacun fît des efforts pour se comporter avec le plus grand naturel, ce naturel précisément sentait le théâtre. Ce n'était pas qu'ils se soupçonnassent mutuellement, non, mais ils étaient plongés dans un réseau d'indices, empêtrés désormais dans une enquête et, se heurtant à l'insaisissable, ils sentaient quelque chose de saisissable dans l'atmosphère... Non, personne ne soupçonnait personne, mais personne non plus ne pouvait parier que les autres ne le soupçonnaient pas, donc à tout hasard ils se traitaient avec courtoisie, avec bienveillance... un peu honteux de voir que, malgré tout, ils n'étaient pas assez eux-mêmes et que cela, le plus facile de tout, devenait pour eux pénible, forcé. Mais — car — tout leur comportement avait subi une sorte de déformation, il commençait à se référer, bon gré mal gré, au chat et à toutes les étranges révélations en relation avec lui, ainsi : Bouboule fit des reproches à Léon, ou à Léna, peut-être aux deux, parce qu'ils avaient oublié de lui rappeler quelque chose, et c'était un peu comme si le chat était la cause de son attitude... et les parolibus de Léon comportaient aussi une déviation légèrement morbide, qui lorgnait par là-bas... Je connaissais cela, ils suivaient mes traces, le regard devenait laborieux, il se mettait à éviter la rencontre attendue d'un visage étranger, il furetait dans les coins, il sautait dans les profondeurs, il cherchait, il vérifiait, sur l'étagère, derrière l'armoire... et ce papier peint parfaitement connu, ce rideau familier devenaient des forêts vierges ou atteignaient les distances vertigineuses de ces archipels, de ces continents au plafond. Et si... si peut-être...

La main de Léna. Sur la nappe, comme toujours, à côté de la fourchette, à la lueur de la lampe qui éclairait le tout, je la voyais comme auparavant j'avais vu le moineau, elle reposait ici, sur la table, tout comme il pendait là-bas... il était là-bas, elle était ici. Oh oh! cette main se rapproche de la fourchette, elle la saisit, sans la saisir, elle rapproche les doigts, elle couvre la fourchette de ses doigts... Ma main, près de ma fourchette à moi, se rapproche, elle la saisit sans la saisir, plutôt elle la couvre de ses doigts... Je baignais dans une silencieuse extase à cause de cette entente, bien qu'elle fût irréelle, unilatérale, arrangée par moi seul. Juste à côté, à un demi-centimètre de ma main, il y avait la cuiller, et, à un demi-centimètre de sa main à elle, il y avait aussi une cuiller, exactement de la même façon. Appuyer sur cette cuiller le bord de ma main? Je peux le faire sans attirer l'attention de personne, la distance est minime. Je le fais, ma main qui s'est déplacée touche ma cuiller et je vois que sa main aussi s'est déplacée et touche aussi sa cuiller.

Dans une durée qui résonne comme un gong, remplie jusqu'aux bords, cascade, tourbillon, nuages, voie lactée, poussière, sons, faits, ceci, cela, etc., etc. Un tel détail à la limite du hasard et du non-hasard, pouvait-on savoir? peut-être et peut-être pas, sa main s'était déplacée, peut-être avec intention, ou avec une demi-intention, ou sans intention, *fifty-fifty*. Bouboule soulève un couvercle, Fuchs tire sa manchette.

Le lendemain matin, très tôt nous partîmes en excursion dans les montagnes.

C'était une idée de Léon, déjà ancienne, il nous rasait depuis longtemps : moi je vous donnerai du nouveau, je vous dénicherai dans nos montagnes une étrange douceur, je vous y fabriquerai un véritable régal de gala-gala, qu'est-ce que vos Turnie, vos Koscieliska, vos Morskie Oko [1]? Avec votre permission je dirai que c'est éculé, ce sont des vieilleries, des cartes postales, hi hi, c'est léché, c'est fripé, c'est du tourisme de mes chaussettes, c'est du guano, moi je vous extirperai d'un panorama montagnard le ravissement des ravissements, une suite de paysages *first class*, je vous le dis, *prima*, que l'âme zzzzzzzz pour votre vie entière un trésor de rêve, merveille des merveillorum, merveillosité unique unicus enchantementus tresorum tresoribus. Vous allez demander comment je...? et je vous répondrai que je suis tombé là par hasard, il y a combien d'années déjà? vingt-sept ans, en juillet, je me rappelle comme si c'était hier, je m'étais perdu dans la vallée de Koscieliska et, à quatre kilomètres sur la droite, j'ai découvert un de ces panoramas de montagnes, on peut y aller en charrette et il y a même un refuge, mais abandonné, et il a été racheté par une banque, oui, je me suis renseigné, ils veulent le transformer, je vous le dis, il faut avoir vu ça! Cette phénoménalité liée à la guirlande des beautés naturelles, la rêvosité des arbres, des herbes et des fleurs, et une sorte de jaillissement murmure poétiquement parmi les élévations montagnardes et collinardes dans un fond de vert sombre mais avec une majesté majestueuse et unique, tontaine

---

1. Sites touristiques des Karpates polonaises (N.D.T.)

tonton, grand Dieu, *tutti frutti*, à s'en léchouiller les babinibus! On pourrait partir là-bas pour un jour ou deux, avec des charrettes, en prenant les couchages et le frichti pour la route, parole d'honneur, pour toute la vie, pour toute la vie, quand on s'est enivré de ce spectacle, ha ha! Moi, j'ai vécu pour ça jusqu'ici et je me suis juré, une fois encore avant de mourir... grand Dieu, grand Dieu, les années passent, je tiendrai mon serment!

C'est après l'affaire du chat que la perspective de prendre l'air ainsi, de s'amuser, de changer, était devenue d'autant plus tentante que nous étouffions dans la maison... Bouboule, après beaucoup de « tu te fais des idées » et de « tais-toi, Léon, tais-toi », finit par mieux accueillir cette suggestion, surtout quand Léon eut remarqué que ce serait une occasion très convenable de rendre la politesse aux deux amies de Léna qui se trouvaient à Zakopane. Donc aux instances de Léon, demandant « qu'on sorte de sa tanière », succédèrent les activités culinaires et autres de Bouboule, afin que cet événement mondain soit à la hauteur.

Ainsi, pendant que l'ensemble bout de bois-moineau-chat-bouche-main, etc., etc., avec tous ses embranchements, ses ramifications, ses tentacules, pendant que cet ensemble, dis-je, subsistait, un courant frais, plus sain, apparut : tous furent volontiers d'accord. Bouboule avertit Fuchs et moi, dans un accès de bonne humeur, que ça serait « très chaud », parce que ces deux amies de Léna venaient juste de se marier, il y aurait donc à cette excursion trois couples « en lune de miel » et ce serait une agréable distraction de société, bien plus originale que ces excursions ordinaires à des endroits « banalisés ». Naturellement, cela aussi se faisait en relation avec le chat. Le chat était le *spiritus movens :* sans lui nul n'aurait si vite accepté cette excursion... mais en même temps cela nous détachait de ce chat, nous soulageait... Les derniers jours furent empreints d'une espèce d'immobilité, rien ne voulait se passer, les dîners venaient l'un après l'autre, comme chaque jour le coucher du soleil, sans changement; et les constellations, les ensembles, les figures semblaient peu à peu s'user, pâlissaient... Je commençais à craindre que cela ne s'englue ainsi pour toujours, comme une maladie chronique, une complexité chronique... Il valait mieux qu'arrivât n'importe quoi, fût-ce cette excursion. En même temps j'étais un peu surpris par la ferveur de Léon, qui revenait constamment sur cette journée lointaine, vingt-sept ans plus tôt, où il s'était égaré et avait découvert un si magnifique paysage (j'ai beau et beau faire, je n'arrive pas à bien me rappeler : j'avais une petite chemise, cher Monsieur, couleur crème, la même que sur la photo, mais quels panpantalons? Mon Dieu mon Dieu, je ne sais plus, oubliatus, perdutus, hum) : cela m'étonnait, et je trouvais de plus en plus intéressante la coïncidence qui voulait qu'à la fois lui et moi nous nous enfoncions, chacun à sa façon, et chacun pour soi, lui dans le passé, moi dans ces énigmes du présent.

... Sans oublier que mes soupçons revenaient : n'était-ce pas lui qui... avait trempé dans cette affaire de moineau... et de bout de bois? Combien de fois m'étais-je dit que c'était absurde! Et pourtant il y avait en lui quelque chose, oui il y avait quelque chose en lui, sa face à binocle, chauve et arrondie, se crispait douloureusement, mais avidement aussi, l'avidité était visible et c'était une avidité rusée... Là-dessus, il se lève de table tout d'un coup et revient aussitôt avec une baguette desséchée :

— Ça vient de là-bas! Conservatum jusqu'à maintenantibus! De là-bas, baba, de cet endroit si magnificusissimus, mais que le diable m'emporte si je sais où je l'ai cueillie, dans la prairie? ou au bord de la route?

Il reste planté avec sa baguette à la main, tout chauve, et moi je pense confusément « baguette... baguette... bout de bois? »

Et c'est tout.

Deux jours, trois jours passèrent ainsi. Enfin, quand nous prîmes place à sept heures du matin dans les voitures à chevaux, on aurait pu penser à une véritable rupture : devant nous, la maison semblait abandonnée, déjà marquée par cette soudaine solitude; elle restait sous la garde de Catherette, qui reçut des instructions concernant diverses précautions à prendre : qu'elle veille bien à tout, qu'elle ne laisse pas la porte ouverte, qu'elle aille appeler les voisins s'il se passait quelque chose — mais ces dispositions concernaient déjà une situation que nous allions laisser derrière nous, à la traîne. Et il en fut ainsi. Les canassons partent dans une aube indifférente, sur la route sablonneuse, la maison disparaît, les deux juments pie trottent, la voiture secoue et grince; devant nous un montagnard, sur les sièges rembourrés Lucien, Léna et moi (Léon, sa femme et Fuchs, occupaient la première voiture), avec des yeux ensommeillés... Une fois la maison disparue, il n'y eut plus que le mouvement lui-même, les cahots, les bruits endormis du voyage, et le déplacement des choses... mais l'excursion n'était pas encore commencée, nous devions d'abord nous arrêter à une pension pour prendre l'un des deux jeunes ménages. Secousses. Nous nous arrêtons, le jeune couple avec divers petits paquets grimpe dans la charrette, rires, échanges de baisers mal réveillés avec Léna, conversation, mais maladroite, insignifiante...

Nous débouchons sur la grand-route, le paysage s'ouvre devant nous, nous roulons. Trot régulier des chevaux. Un arbre. Il approche, il passe, il disparaît. Une clôture et une maison. Un petit champ planté de je ne sais quoi. Des prés en pente et des collines rondes. Un chariot à ridelles. Une réclame sur un tonneau. Une auto passe et s'enfuit. Les secousses, les grincements, les balancements remplissaient notre course, avec le trot, le derrière et la queue des chevaux, le montagnard et son fouet, et par là-dessus le ciel du petit matin et le soleil, déjà ennuyeux, qui commençait à nous picoter le cou. Léna sautait et oscillait avec la charrette, mais ce n'était pas important, rien n'était important dans cette lente disparition qu'est un voyage en voiture; j'étais absorbé, mais par autre chose, qui n'avait pas de corps : le rapport entre la vitesse à laquelle passaient les objets les plus proches et le déplacement moins rapide des objets plus éloignés, et aussi de ceux qui étaient très lointains et qui restaient presque sur place. C'est cela qui m'absorbait. Je pensais que, lorsqu'on voyage ainsi, les choses ne se montrent que pour disparaître, elles sont sans importance, et le paysage aussi est sans importance : tout ce qui reste, c'est l'apparition et la disparition. Un arbre. Un champ. Un autre arbre. Il passe.

J'étais absent. D'ailleurs, pensais-je, nous sommes presque toujours absents, ou en tout cas pas entièrement présents, à cause de notre contact fragmentaire, chaotique et superficiel, de notre contact lâche et mesquin avec ce qui nous entoure; les gens qui participent à une distraction en groupe, disons par exemple à une excursion, sont, calculais-je, absents à dix pour cent. Dans notre cas, ce flot insistant de choses et de choses, de spectacles et de spectacles, la distance qui nous séparait de l'hier si proche où tournaient en rond les mottes de terre, les poussières, les dessèchements, les fissures, etc., les verrues et les verres, les bouteilles, les fils de laine, les bouchons, etc., etc., et les figures qui en résultaient, etc., etc., cette distance devenait dissolvante, comme un fleuve immense, un déluge, un flux infini. Je sombrais et Léna sombrait près de moi. Secousses. Trot. Bribes de conversation somnolente avec le jeune couple. Rien, sauf que je m'éloignais avec Léna de la maison où Catherette restait, et qu'à chaque instant nous en étions plus loin et que l'instant d'après nous serions plus loin encore, et que là-bas étaient restés la maison, la porte du jardin, les arbustes blanchis à la chaux et attachés à leurs tuteurs, tandis que nous roulions, nous, toujours plus loin.

Peu à peu notre voiture s'anima, les jeunes mariés, lui Loulou et elle Louloute, commencèrent à s'enhardir et bientôt, après quelques « oh, Loulou, est-ce que je n'aurais pas oublié la thermos? » et quelques « Louloute, prends donc ce sac, il me gêne », ils se mirent à loulouter tout leur saoul!

Louloute, plus jeune que Léna, grassouillette et rosouillette, avec de petites fossettes et de petits doigts mignons tout plein, avec un petit sac, un petit mouchoir, une ombrelle, un tube de rouge, un briquet, frétillait dans tout cela et babillait : hi hi hi! cette grand-route de la Koscieliska, ça secoue, j'aime ça, ça fait longtemps que je n'ai pas eu de secousses, et toi, Loulou, tu aimes les secousses, quel drôle de perron, Léna, regarde, moi je ferais un petit salon pour moi, et Loulou serait là, là où il y a une grande fenêtre, un bureau, seulement je jetterais les petits nains, je ne supporte pas les petits nains, Léna, tu aimes les petits nains? Tu n'as pas oublié les films, Loulou? Et les jumelles? Aïe, comme cette planche me rentre dans les fesses, ouh, ouh, qu'est-ce que tu fais, qu'est-ce que c'est que cette montagne?

Et Loulou était exactement comme Louloute, bien qu'il fût plus solide, avec de gros mollets : il était joufflu, arrondi aux hanches, avec un petit nez en l'air, des bas à carreaux, un petit chapeau tyrolien, un appareil photographique, de petits yeux bleus, un nécessaire de toilette, des menottes grasses, des culottes de golf. Enivrés de constituer un couple de Loulous, lui Loulou et elle Louloute, ils louloutaient à qui mieux mieux et s'encourageaient mutuellement. Par exemple quand Louloute, au vu d'une jolie villa, eut déclaré que sa maman était habituée au confort, Loulou fit savoir que sa maman à lui allait aux eaux tous les ans à l'étranger et ajouta qu'elle avait une collection d'abat-jour chinois, sur quoi Louloute dit que sa maman avait sept éléphants en ivoire. On ne pouvait refuser un sourire à ce babillage et ce sourire ajoutait à leur verve et ils babillaient de nouveau, et ce babillage se rattachait à l'irréalité qui avançait avec monotonie au trot des chevaux, dans un mouvement d'éloignement qui décomposait la région en cercles concentriques tournant plus ou moins vite. Lucien tira sa montre :

— Neuf heures et demie.

Soleil. Chaleur. Mais l'air restait frais.

— On va manger un morceau.

Ainsi, malgré tout, je m'éloigne vraiment avec Léna : c'est frappant, étonnant, important, comment ai-je pu ne pas saisir aussitôt cette importance ? oui, tout est resté là-bas dans la maison, ou devant la maison, tant de choses, tant de choses, du lit à l'arbuste et même au dernier contact avec la cuiller... et nous, maintenant, sans domicile... ailleurs... et la maison s'éloigne, avec les constellations et les figures, avec toute cette histoire, et elle est déjà « là-bas », elle est « là-bas » désormais, et le moineau est « là-bas » dans les buissons, avec des taches de soleil sur la terre noire, qui sont « là-bas », elles aussi... Oui, important, seulement ma pensée au sujet de cette importance s'éloigne aussi sans trêve et s'affaiblit dans cet éloignement, sous l'afflux des paysages. (Mais en même temps et avec sang-froid, quoique en clignant un peu des yeux, j'aperçus un fait digne d'attention : le moineau s'éloignait, mais son existence ne s'était pas affaiblie, elle était juste devenue une existence en train de s'éloigner, rien de plus.)

— Les tartines, où as-tu mis la thermos, donne le papier, Loulou, arrête, où sont les gobelets que maman nous a donnés, fais attention ! Tu es sot ! Tu es sotte ! Ha ha ha !

Ce qui restait là-bas n'était plus d'actualité ; mais c'était d'actualité en tant qu'inactuel. Le petit visage de Léna était menu, minuscule, mais Lucien aussi avait, comme s'il n'avait pas été en vie, un visage anéanti par l'espace qui s'étirait jusqu'à l'obstacle d'une chaîne montagneuse, laquelle s'étirait à son tour et se terminait, à la distance ultime, par une montagne au nom inconnu. D'ailleurs, j'ignorais la majorité des noms, au moins la moitié des choses me restait anonyme : montagnes, arbres, buissons, légumes, outils, hameaux.

Nous étions sur une hauteur.

Et Catherette? A la cuisine? Avec ses lè... et je regardai ce qui se passait avec la petite bouche de Léna, éloignée de l'insinuation de l'autre, je regardai comment elle se portait une fois séparée de... mais rien, ce n'était qu'une bouche allant en excursion sur une charrette; je mangeai un morceau de dinde, les provisions de Bouboule étaient délicieuses.

Peu à peu une vie nouvelle s'organisa dans la voiture, comme sur une nouvelle planète : Léna et même Lucien se laissèrent entraîner par les Loulous à loulouter et « qu'est-ce que tu fabriques, Lucien? » criait Léna, sur quoi, lui « du calme, ma petite! » J'observai discrètement : incroyable...! ainsi ils pouvaient être aussi comme cela? Étrange voyage, inattendu, nous commençâmes à descendre, les étendues se raccourcirent, des renflements de terre traînèrent de chaque côté, Léna menaça Lucien du doigt, il cligna de l'œil... Gaieté frivole, superficielle, mais en tout cas ils en étaient capables... curieux...! Après tout, l'éloignement prévalait et moi-même, à la fin, me laissai aller à quelques plaisanteries, sapristi, on était en excursion!

Les montagnes, qui se rapprochaient depuis long-temps, dévalèrent soudain de partout, nous entrâmes dans une vallée, ici du moins régnait une ombre bienheureuse, tandis que la verdure ensoleillée refleurissait au sommet des pentes. Un calme venu d'on ne savait où, de partout, et un ruisseau de fraîcheur, quel agrément! Un tournant, sommets de murailles accumulées, c'étaient des brèches brutales, des entassements accablants, des enroulements vert calme, des cimes, ou des pics, des crêtes déchirées et des chutes à la verticale, auxquelles s'agrippaient des buissons, puis des rochers sur les hauteurs, des prés qui s'abaissaient dans le silence, silence qui s'étendit, incompréhensible, immobile, universel, toujours croissant et si puissant que le fracas de notre charrette et son roulement régulier semblaient exister à part. Ce panorama se maintint un certain temps, puis apparut quelque chose de nouveau et d'insistant, c'était dénudé, ou embrouillé, ou miroitant, parfois héroïque, gouffres, noyaux, strates, motifs de pierres suspendues, après quoi, sur des rythmes ascendants et descendant de buissons, d'arbres, de blessures, de plaies, d'éboulis, affluèrent, çà et là, des idylles, tantôt douces, tantôt cristallines. Des choses diverses — toutes sortes de choses — des distances étonnantes, des virages affolants, un espace prisonnier et tendu, qui attaquait ou cédait, qui s'enroulait et se tordait, qui frappait vers le haut ou vers le bas. Un immense mouvement immobile.

— Louloute, ohé!

— Loulou, j'ai peur... ouille, ouille, je tremble!

Accumulation, tourbillon, confusion... c'était trop, trop, trop, pression, poussée, mouvement, entassements, renversements, mêlée générale, mastodontes qui s'étalaient et qui, en une seconde, se décomposaient en milliers de détails, de groupes, de blocs, de heurts, en un chaos maladroit, et soudain tous ces détails se rassemblaient de nouveau dans une structure majestueuse! Exactement comme avant, dans les buissons, comme en face du mur, devant le plafond, comme devant le tas d'ordures et le timon, comme dans la chambre de Catherette, comme devant les murs, les armoires, les étagères, les rideaux, où se créaient aussi des formes — mais là-bas il s'agissait de petites choses, ici c'était un fracassant orage de matière. Et moi, j'étais devenu un tel déchiffreur de nature morte que, malgré moi, j'examinai, étudiai et cherchai, comme s'il y avait quelque chose à lire, et je m'élançai vers les combinaisons toujours nouvelles que notre voiture minuscule extrayait, bruyamment, du sein des montagnes. Mais rien. Rien. Un oiseau apparut, très haut dans le ciel, immobile — un vautour, un aigle, un épervier? Non, ce n'était pas un moineau, mais par le fait que ce n'était pas un moineau, c'était un non-moineau et, non-moineau, il avait un peu de moineau en lui...

Dieu! Comme j'étais comblé par la vue de cet oiseau solitaire, planant au-dessus de tout, suprême! Point supérieur, point royal. Était-ce possible? J'étais donc si fatigué par le désordre, là-bas dans la maison, par cette mêlée, par ce chaos de bouches, de pendaisons, chat, théière, Lucien, bout de bois, gouttière, Léon, coups de marteau, coups aux portes, main, épingles, Léna, timon, Fuchs et ses yeux, etc., etc., et ainsi de suite, comme dans le brouillard, comme dans une corne d'abondance, la confusion... Ici, au contraire, un royal oiseau — hosannah! — par quel miracle ce point si lointain s'était-il imposé comme un coup de canon, terrassant la confusion et le trouble? Je regardai Léna. Elle avait les yeux fixés sur l'oiseau.

Qui décrivit un arc et s'effaça, nous laissant replonger dans le vacarme furieux des montagnes, derrière lesquelles il y avait d'autres montagnes, chacune composée de lieux divers où les cailloux abondaient (combien de cailloux?) et ainsi ce qui se trouvait « derrière » se pressait au premier rang de cette armée à l'assaut, dans un calme étrange, dû à l'immobilité d'un mouvement universel. Oh, Loulou, regarde, cette pierre! Oh, Louloute, regarde, c'est tout à fait un nez! Loulou, regarde, et ce vieux avec sa pipe! Regarde à gauche, tu vois, il donne un coup de pied avec son gros soulier! Un coup de pied à qui, où, c'est une cheminée! — Un nouveau tournant qui rétrécit, un balcon qui s'avance, encore un triangle — et un arbre, qui se fige aussitôt, accroché quelque part, entre beaucoup d'autres — il s'est figé, dissous, il a disparu. Un prêtre.

En soutane. Assis sur une pierre, au bord de la route. Un prêtre en soutane, assis sur une pierre, en montagne? Cela me rappela la théière, ce prêtre était comme la théière de là-bas. Cette soutane aussi était en surplus.

Nous arrêtons.

— Monsieur le Curé, nous vous prenons?

Joufflu, jeune, il avait un nez de canard, sa face ronde de paysan émergeait d'un col dur d'ecclésiastique, il baissa les yeux.

— Dieu vous le rende! dit-il.

Mais il ne bougeait pas. Ses cheveux étaient collés par la sueur. Quand Lucien demanda où nous devions le déposer, il fit comme s'il n'avait pas entendu et grimpa dans la voiture en marmonnant un remerciement. Les chevaux au trot, on reprend, on roule.

— J'étais dans les montagnes... Je me suis un peu écarté de mon chemin...

— Vous êtes fatigué.

— Oui, j'habite Zakopane.

Il avait une soutane salie dans le bas, des souliers fatigués, des yeux un peu rouges : avait-il passé la nuit en montagne? Il expliqua lentement qu'il était parti pour une excursion, qu'il s'était égaré... Une excursion en soutane? S'égarer dans un pays traversé par une vallée? — Quand était-il parti? Eh bien, la veille, dans l'après-midi. Une excursion dans l'après-midi? Sans trop poser de questions, nous lui donnâmes de nos provisions, il mangea avec gêne, puis resta comme il était, embarrassé, et la voiture le secouait, le soleil grillait, nous n'étions plus à l'ombre, nous avions envie de boire, mais non de sortir les bouteilles, il fallait seulement rouler, rouler. Les ombres des rocs en surplomb tombaient à la verticale et on entendit un bruit de cascade. Nous roulions. Pour moi, je n'avais pas remarqué jusque-là ce fait pourtant remarquable que, depuis des siècles, un certain pourcentage de gens se trouve distingué par une soutane et affecté au service de Dieu : une catégorie de spécialistes du divin, de fonctionnaires célestes, d'employés spirituels. Ici, pourtant, en montagne, cet inconnu en noir mêlé à notre voyage était déplacé dans le chaos de cette région... il était en surplus... il bousculait, il encombrait... presque comme la théière?

Cela me déplut. Curieux, lorsque cet aigle, ou cet épervier, s'était élevé au plus haut, j'avais repris courage, et cela peut-être (pensai-je) parce que, en tant qu'oiseau, il se rapportait au moineau, mais aussi, et peut-être davantage, parce qu'il était resté suspendu dans les airs en associant ainsi moineau et pendaison et en permettant d'associer, dans cette idée de pendaison, le chat pendu et le moineau pendu, oui, oui (je le voyais de plus en plus nettement), il conférait même à cette idée de pendaison un caractère primordial, suspendu au-dessus de toute chose, royal... et si je parviens (pensais-je toujours) à déchiffrer l'idée, à découvrir la trame fondamentale, à concevoir ou tout au moins à pressentir vers quoi cela mène, ne serait-ce que dans le seul secteur du moineau, du bout de bois, du chat, alors il me sera plus facile de me débrouiller avec la bouche et avec tout ce qui tourne autour d'elle. En effet (j'essayais de résoudre la charade) il ne fait pas de doute (et le problème était douloureux) que le secret de la liaison buccale, c'est moi-même : c'est en moi qu'elle s'est accomplie; c'est moi, et personne d'autre, qui ai créé cette liaison — mais (attention!) en pendant le chat je me suis associé (peut-être? jusqu'à un certain point?) à ce groupe du moineau et du bout de bois, j'appartiens donc aux deux groupes; n'en découle-t-il pas que la liaison de Léna et de Catherette avec le moineau et le bout de bois ne peut s'accomplir que par mon intermédiaire? En pendant le chat, n'ai-je pas réellement construit un pont reliant le tout... en un sens?

Oh, ce n'était pas clair, mais quelque chose commençait à se former, l'embryon d'un tout s'était créé et voilà qu'un oiseau immense planait au-dessus de moi, suspendu. Mais nom de nom, pourquoi ce prêtre vient-il parader ici, lui qui vient du dehors, d'une autre farine, inattendu, superflu, stupide?

Comme cette théière là-bas! Et mon irritation n'était pas moindre qu'alors, quand elle m'avait jeté sur le chat... (oui, je n'étais pas tellement sûr de ne pas m'être jeté sur le chat à cause de la théière, parce que la goutte d'eau faisait déborder le vase, et peut-être pour obliger, par cet acte, la réalité à se manifester, tout comme nous lançons n'importe quoi dans un buisson si quelque chose paraît y bouger)... oui, oui, l'étranglement du chat était une réponse furieuse à la provocation que constituait pour moi l'absurdité de la théière...

Mais dans ces conditions, attention, curé! qui pourrait parier que je ne vais pas te lancer quelque chose et te faire... quelque chose... quelque chose...

Il était assis sans se douter de ma colère, nous roulions toujours, montagnes et montagnes, trot des chevaux, chaleur... Un détail me sauta aux yeux : il remuait les doigts...

Il écartait machinalement les doigts épais de ses deux mains et il les entremêlait. Ce travail d'insecte sur des doigts, vers le bas, entre ses genoux, était désagréable, obstiné.

Conversation.

— C'est la première fois que vous venez dans la Koscieliska?

Louloute répond d'une voix de pensionnaire confuse :

— Oui, Monsieur l'abbé, nous sommes en voyage de noces, nous nous sommes mariés le mois dernier.

Loulou reprend aussitôt, avec une mine tout aussi confuse et ravie :

— Nous sommes un tout jeune couple!

Le prêtre toussa, embarrassé. Alors Louloute, toujours comme une pensionnaire, et comme si elle dénonçait une petite camarade :

— Et eux (elle tendit un doigt menu vers Léna et Lucien), eux aussi, Monsieur l'abbé!

— Il n'y a pas longtemps qu'ils ont la permission de...! s'écria Louloù.

Lucien fit « Hummmmm! » d'une voix profonde de basse. Petit sourire de Léna, silence du prêtre, ah ces Loulous, quel ton ils avaient inventé à l'égard de cet ecclésiastique!... qui continuait à tripoter nerveusement ses gros doigts, c'était misérable, maladroit, rustique, et il me parut qu'il avait peut-être une petite chose sur la conscience : que

133

faisait-il avec ses gros doigts? Et... et... ah... ah...
ces doigts remuant entre ses genoux... et les miens...
et ceux de Léna... sur la nappe. La fourchette. La
cuiller.

... Loulou, lâche-moi, qu'est-ce qu'il va penser,
Monsieur le chanoine! Louloute, que dis-tu, mais il
ne pensera pas à mal, Monsieur le chanoine! Loulou,
oh, si tu savais comme ta joue remue! Et soudain,
nous changeons de cap. Nous coupons la vallée,
et par un chemin malaisé, mal tracé, nous montons
sur les flancs de la montagne! Nous étions dans un
défilé qui se resserrait, derrière lui s'ouvrit un ravin
détourné, oblique, et nous roulâmes au milieu de
nouveaux sommets et de nouvelles pentes, désormais complètement coupés... et cela aussi était
oblique... et avec de nouveaux arbres, herbes,
rochers, analogues et cependant tout à fait autres,
et toujours marqués par cette obliquité, par ce
virage qui nous avait écartés de la grand-route. —
Oui, oui, pensais-je, il a dû fabriquer quelque chose,
il a quelque chose sur la conscience.

Quoi? Un péché. Quel genre de péché? Un étranglement de chat. Sottise, quel péché y a-t-il à estour-
bir un chat?... Mais cet homme en soutane issu du
confessional, de l'église, de la prière, surgit sur la
route, monte dans votre charrette et aussitôt, naturellement : péché conscience crime remords tra-la-la
tra-la-la (c'est comme tri-li-li...). Il surgit dans votre
charrette et voilà le péché.

Le péché, c'est-à-dire que ce collègue, ce collègue
prêtre, remue ses gros doigts en ayant quelque
chose sur la conscience. Comme moi! Collègue fra-
ternel, s'il se remue et remue ses doigts, ces doigts
ont peut-être étranglé? Arrivent des entassements,
des éboulements tout à fait nouveaux, un nouveau

bouillonnement d'un vert et d'un silence merveil-
leux, mélèze sombre, pin sombre, bleu rêve. Léna
est devant moi, avec ses mains, et tout cet ensemble
de mains — les miennes, celles de Léna, celles de
Lucien — avait été aiguillonné par les mains de ce
prêtre aux doigts épais, que je ne pouvais pas suivre
avec assez d'attention à cause du voyage, des montagnes, de l'oblique; Dieu tout-puissant, Dieu de
miséricorde, pourquoi ne peut-on rien suivre avec
attention? Le monde est cent millions de fois trop
riche et que puis-je faire avec ma distraction, hé,
la danse des montagnards, Louloute, laisse-le en
paix, Loulou, lâche-moi, Louloute, aïe, j'ai la jambe
engourdie, nous roulons, en avant; bon, une chose
est claire, cet oiseau était suspendu trop haut et
c'est très bien que le collègue prêtre farfouille par
en bas, nous roulons, nous roulons, mouvement
monotone, fleuve immense, ça avance, ça traverse,
trot, roulement, chaleur, sueur, nous arrivons.

Deux heures de l'après-midi. Un endroit plus
ouvert, une sorte de vallon, des prés, des sapins et
des pins, plusieurs rochers dans la prairie, la maison.
En bois, avec une véranda. A l'ombre, derrière la
maison, la voiture dans laquelle sont venus les
Wojtys et Fuchs avec l'autre couple de jeunes
mariés. Ils apparaissent sur le seuil, brouhaha, salu-
tations, nous mettons pied à terre, oui, le voyage
s'est bien passé, vous êtes arrivés depuis longtemps?
tout de suite, ici le sac, ce sera vite fait, Léon, prends
les bouteilles...

Mais ils venaient d'une autre planète. Et nous
aussi. Notre présence ici était une présence
« ailleurs »... et cette maison était simplement une
autre maison... une autre maison que celle de là-bas.

VII

Tout se passait dans l'éloignement. Ce n'était pas l'autre maison qui s'était éloignée de nous, mais nous qui nous étions éloignés d'elle... et la maison nouvelle, celle d'ici, dans son terrible isolement que nos cris combattaient en vain, n'avait pas d'existence propre, elle n'existait que dans la mesure où elle n'était pas celle de là-bas. Cette révélation fondit sur moi dès que je fus descendu de voiture.

— C'est l'archi-solitude ici, pas une âme, toute la baraque est à nous, à la guerre comme à la guerre, l'essentiel c'est d'abord de manger, en avant, compagnons, aidons-nous les uns les autres, alors, ce n'est pas ce que je vous disouillais, paysajus de première classe, vous verrez ensuite, d'abord se mettre quelque chose sous la dent-dent-dent-dent, une-deux, une-deux, *it's a long way to Tipperary!*

— Léon, les petites cuillers sont dans le sac, Léna, les serviettes, allons venez, mettez-vous à l'aise, que chacun s'assoie là où il sera le mieux, Monsieur le curé, voulez-vous vous mettre ici, s'il vous plaît.

A quoi l'on répondit : Tout de suite! A vos ordres, ma Générale! Bon. Asseyons-nous! Encore

137

deux chaises. Quel régal! Mettez-vous donc ici. Donnez-nous des serviettes!

On s'installa à une grande table dans l'entrée. Plusieurs portes donnaient sur les pièces voisines et un escalier montait à l'étage. Les portes étaient ouvertes et laissaient voir de petites pièces tout à fait nues, meublées seulement de lits et de chaises, un assez grand nombre de chaises. La table était surchargée de nourriture, la bonne humeur régnait — qui veut encore du vin? — mais c'était la gaieté à l'usage des réunions, lorsque chacun se montre joyeux pour ne pas gâcher le plaisir d'autrui et qu'à la vérité tous sont un peu absents, comme à la gare quand on attend le départ d'un train — et cette absence était associée à la pauvreté de cette maison de fortune, sans rideaux ni armoires ni sommiers ni gravures ni étagères, où il n'y avait que les fenêtres, les lits et les chaises.

Et dans ce désert, non seulement les paroles, mais les personnes se répandaient davantage. Notamment, Bouboule et Léon semblaient gonflés dans ce vide et bourdonnaient au maximum, et ce bourdonnement répondait au brouhaha des autres qui mangeaient, au fou rire des Loulous et aux coquineries de Fuchs, déjà éméché, qui buvait, je le savais, pour noyer Drozdowski et les misères de son bureau, ce sentiment d'exclusion comparable à celui que j'éprouvais avec mes parents... lui, le malchanceux, la victime, le fonctionnaire énervant, devant qui l'on devait fermer les yeux ou regarder ailleurs. Bouboule, magnifique dispensatrice de salades et de charcuteries, Bouboule invitait, régalait, je vous en prie, goûtez, il y en aura pour tout le monde, personne n'aura faim, ça je vous promets etc., etc. Elle se dépensait pour que tout fût parfait, élégant, une excursion originale et une sortie en bonne compagnie, et personne ne se plaindra d'être resté sur sa faim ou sur sa soif. Et le dédoublement de Léon, amphitryon, guide, initiateur, hourrah, allons-y en chœur, halte-là, halte-là, les montagnards sont là, allons, enfants de la patrie, marchons! marchons!

Pourtant le remue-ménage et les exclamations, les conversations de ce banquet, tout manquait de conviction et paraissait raccourci, incomplet, rachitique, pâle et infirme... au point que j'avais parfois l'impression de voir les autres et moi par le gros bout d'une lorgnette, dans le lointain. On se serait cru sur la lune... Cette excursion-évasion n'avait mené à rien, le monde de « là-bas » devenait d'autant plus présent que nous essayions de nous en évader par la pensée... Il se passait malgré tout des choses dont je commençai à me rendre compte. Je remarquai la curieuse excitation qui envahissait les Loulous devant le troisième couple en lune de miel, arrivé avec les Wojtys.

Le petit époux frais émoulu s'appelait Tony, on l'appelait aussi « chef d'escadron ». De fait, cavalier de la tête aux pieds : de haute taille, bien bâti, au teint d'une roseur presque naïve, avec une moustache claire, c'était un chef d'escadron tout craché. Léon lui chanta un refrain sur les hardis uhlans, mais s'arrêta aussitôt, car la chanson parlait ensuite d'une jeune fille fraîche comme une framboise; or la jeune épouse toute neuve, Ginou, Ginette, appartenait à l'espèce des femmes résignées qui renoncent à plaire, Dieu seul sait pourquoi. Elle n'était pas vilaine, quoique son corps fût un peu ennuyeux, comment dire, monotone. Elle avait tout « où il fallait », comme chuchota Fuchs en me poussant du coude, mais on souffrait à la seule pensée de lui caresser la nuque, tant elle s'y prêtait mal. Une sorte d'égoïsme corporel? D'égocentrisme physique? On sentait que ses mains, ses pieds, son nez, ses oreilles étaient uniquement pour elle, ses organes, rien de plus, elle manquait de la générosité qui murmure à une femme que sa main pourrait constituer un don tentant et excitant. Rigueur morale? Non, non, plutôt curieuse solitude corporelle... le résultat fut que Louloute, qui se tortillait pour étouffer ses rires, chuchota à Loulou « quand elle se respire, elle, elle peut le supporter ». Oui, là résidait son caractère odieux, elle était un peu dégoûtante comme ces odeurs corporelles que supporte seulement celui qui les produit. Ni Loulou ni Louloute n'auraient eu de tels sursauts ni un tel hi-hi-hi qui les faisait se tortiller, si le petit époux chef d'escadron n'avait été un garçon magnifique, fait pour les baisers avec sa moustache claire et ses lèvres rouges — de sorte que chacun se demandait ce qui l'avait poussé à épouser précisément cette femme — et la question devenait malveillante quand on apprenait (ce que me dit Louloute à voix basse) que Ginette était fille d'un riche industriel. Hi-hi-hi! Le scandale ne s'arrêtait pas là, au contraire, il commençait à peine car (cela se voyait aussi au premier coup d'œil) ils ne se faisaient pas d'illusion sur l'effet que produisait leur couple et s'efforçaient de n'opposer à la méchanceté humaine que leur pureté d'intention et leur bon droit. « Est-ce que je n'ai pas le droit? » semblait-elle dire. « Si, j'ai le droit! Je sais qu'il est beau, lui, et pas moi... mais n'ai-je pas le droit de l'aimer? J'en ai le droit! Vous ne pouvez pas me l'interdire! Rien ne remplace l'amour! Donc je l'aime! je l'aime et mon amour est pur et beau, regardez, donc j'ai le droit de ne pas en rougir — et je n'en rougis pas! » A l'écart, sans participer à l'amusement général, elle veillait sur ce sentiment comme sur un trésor, concentrée, silencieuse, les yeux fixés sur son mari ou perdus dans la contemplation de la beauté verte des prés, et sa poitrine se gonflait de temps en temps d'un soupir qui était presque une prière. Et, puisqu'elle en avait le droit, elle prononçait doucement quelque chose comme « Tony » avec sa bouche réduite au simple rôle d'organe. Hi-hi-hi!

Louloute, oh là là, je n'y tiens plus! Léon, une cuisse de dinde au bout de sa fourchette et le binocle sur le nez, criait « le dos d'un dodu dindon », et patati et patata, le prêtre restait assis dans son coin, Fuchs cherchait quelque chose, Bouboule apportait des cerises « mangez, mangez, des fruits pour la bonne bouche », mais tout ce bruit n'étouffait point le silence, un silence total, singulier, solitaire, lointain. Je buvais du vin rouge.

Tony, le chef d'escadron, buvait aussi. Le front haut. D'ailleurs, il faisait tout le front haut, pour signifier que nul n'avait le droit de mettre en doute son amour, que diable, comme s'il n'avait pas le droit, lui, d'être amoureux de cette femme-là, justement, et non d'une autre, comme si cet amour n'était pas aussi bon que n'importe quel autre... Et il entourait sa Ginette de tendresse : mon trésor, alors, tu n'es pas fatiguée?... et il essayait d'être à la hauteur de son extase en lui rendant amour pour amour. Mais il avait un petit air de martyr et « Loulou, retiens-moi, je n'en peux plus. » Avec des mines de sainte nitouche, les Loulous étaient à l'affût de la moindre tendresse, comme un couple de tigres avides de sang. Si, dans la charrette, le pauvre curé leur avait procuré bien des joies, que dire de ce couple, jeune ménage comme eux, qui semblait spécialement à leur disposition pour qu'ils eussent quelqu'un sur qui loulouter tout leur saoul !

Bouboule et ses gâteaux, je vous en prie, allons, goûtez, ça fond dans le bouche, je vous en prie — mais le chat, le chat, oh, oh, le chat enterré au pied d'un arbre, et pendu au préalable, ha ha ! c'était à l'intention du chat, toute cette réception, c'était pour effacer le chat, voilà pourquoi elle et Léon se montraient si sociables ! Mais on sentait encore la présence du chat. L'idée de ce voyage, je le compris, était désastreuse, ils n'auraient rien pu imaginer de pire : la distance n'effaçait rien, au contraire, elle figeait, elle renforçait, au point qu'on aurait pu croire que nous avions vécu là-bas des années avec le moineau, avec le chat, que nous étions arrivés ici des années après... je mangeais mon gâteau. Il aurait mieux valu remonter dans la charrette et rentrer, il n'y avait rien d'autre à faire... Car si nous restions ici *en relation* avec les choses de là-bas...

Je mangeais mon gâteau. Je causais avec Lucien et Tony. J'étais distrait : quelle fatigue que cette profusion d'où naissaient constamment de nouveaux êtres, faits et objets ; si ce flux pouvait s'interrompre une fois, Léna derrière la table, Léna peut-être lassée elle aussi, souriant de la bouche et des yeux à Louloute (toutes deux jeunes mariées...), cette Léna qui était le reflet fidèle, ici, de celle de là-bas, cette Léna qui « se rapportait » à Léna (d'un « rapport » qui s'amplifiait à mes yeux comme jadis les coups de marteau), Fuchs qui noyait son Droz-

142

dowski dans l'alcool et qui était jaune-rouge et lourdement exorbité, Lucien, très convenable avec Léna, calme, et le prêtre dans son coin... La main de Léna sur la table, près de sa fourchette, la même main que naguère, là-bas, et j'aurais pu mettre la mienne sur la table... mais je ne le voulais pas. Cependant, on sentait se tisser de nouvelles trames, et croître un nouveau dynamisme, local... mais qui semblait malade, affaibli... Le fonctionnement des trois jeunes couples, bénis depuis peu, conférait du poids et de l'importance au prêtre, et la soutane, à son tour, conférait aux couples un caractère nuptial, ce qui exerçait une pression conjugale particulièrement vive : on avait l'impression que toute la réception était une noce, oui, le mariage triomphait. Et le prêtre. Un prêtre qui, certes, jouait avec ses gros doigts (il tenait les mains sous la table d'où il ne les retirait que pour manger), mais un prêtre quand même, qui, en tant que tel, devait constituer la protection naturelle des Tony contre les coquetteries louloutiques; il faut ajouter que la soutane agissait aussi sur Bouboule, qui manifestait — après le chat — un penchant très net pour la bienséance. Elle lançait aux Loulous des regards de moins en moins bienveillants et se livrait à des toussotements qui devenaient de plus en plus expressifs à mesure qu'augmentaient les éclats de rire de Léon, appuyés par le rire alcoolisé de Fuchs (conséquence de Drozdowski) et par nos autres sottises dans le vide, dans le désert, dans les lointains, dans le calme mortel des montagnes, où il semblait à nouveau que quelque chose commençait à se nouer, à se réunir, à se créer, mais on ne savait pas encore à quoi s'accrocher — et je m'accrochais à ceci ou à cela, je suivais la ligne qui se présentait à moi en laissant de côté tout le reste, un reste immense, menaçant — tandis que là-bas, dans la maison, subsistait ce que nous avions laissé.

Tout d'un coup se déroula une scène qui me relia au chat... par l'intermédiaire du prêtre...

Comme le premier éclair dans les nuages nocturnes, elle nous fit apparaître *par rapport à là-bas* avec une parfaite clarté. Cette scène fut précédée par quelques remarques de Bouboule comme (à Tony, très courtoisement) « Cher Monsieur, si vous enleviez ce sucre en poudre sur la jolie petite blouse de Ginette », (à Léon, de façon que tout le monde entende) « Tu vois, Léon, la route n'est pas si mauvaise, on aurait très bien pu venir en auto, je t'avais pourtant dit de demander la voiture de Thadée, il n'aurait certainement pas refusé, il nous l'a tant de fois proposée »... (à Louloute, d'un ton un peu acide) « Ouais, vous avez l'air de bien rire, au lieu de manger votre gâteau ». Pendant ce temps Fuchs enlevait les assiettes. N'étant pas trop sûr de ne pas nous porter sur les nerfs (comme à Drozdowski), il desservait pour tenter de gagner nos bonnes grâces. Mais à un certain moment, il se leva, tordit d'un bâillement sa face ivre et poissonneuse, et dit :

— Je me baignerais bien.

Or le bain était l'un des thèmes favoris de Loulou et plus encore de Louloute — presque autant que sa maman — et nous avions appris, quand nous roulions encore en charrette, que « moi, sans douches, je ne pourrais pas vivre » et « je ne sais pas comment on peut tenir en ville sans se baigner deux fois par jour » et « maman se baignait dans de l'eau avec du jus de citron » et « ma maman à moi allait tous les ans à Karlsbad ». Donc dès que Fuchs eut effleuré ce thème en déclarant qu'il se baignerait volontiers, Louloute se mit aussitôt à loulouter qu'elle, même au Sahara, prendrait son dernier verre d'eau pour se laver « parce que l'eau est plus importante pour se laver que pour boire, et toi, Loulou, tu ne te laverais pas? » etc., mais au cours de son babillage elle dut remarquer, comme je le remarquai moi-même, que le mot « bain » ou « baigner » commençait à se rapporter désagréablement à Ginette. Non que celle-ci ne fût propre, mais elle avait ce caractère spécial d'égoïsme corporel qui me rappela la parole dite par Fuchs à une autre occasion : « On est comme on est. » Elle semblait considérer son corps comme seulement supportable pour sa propriétaire (comme certaines odeurs) et donnait par suite l'impression d'une personne que les bains n'intéressaient pas. Louloute, après avoir avancé son petit nez et constaté qu'elle sentait quelque chose de ce côté-là, continua de plus belle, « parce que moi, si je ne me baigne pas, je me sens malade », etc., et Loulou s'y mit aussi, et Léon, Fuchs, Lucien, Léna de même, comme il est normal en de telles circonstances, afin de ne pas être soupçonnés d'indifférence à l'égard de l'eau. En revanche, Ginette et Tony se turent.

Sous l'influence des paroles des uns, du silence des autres, naquit comme la possibilité que Ginette ne se baignait pas... A quoi bon? On est comme on est...

Cela sentit plus fort de ce côté-là, ce n'était pas du tout une odeur, mais quelque chose de personnel et d'antipathique; et Louloute, comme un limier sur la piste, avec la mine la plus innocente, gentillette, guili-guili, épaulée par Loulou, patati-patata. A vrai dire, Ginette conservait la même attitude, celle du silence, et ne participait pas — seulement son repli sur elle-même prenait désormais certain caractère — et le silence de Tony devint pire que le sien, car Tony, visiblement, était dans l'eau comme dans son élément et devait nager à la perfection, pourquoi n'ouvrait-il pas la bouche? Pour ne pas la laisser seule à se taire?

— Oh, c'est comme avec ce...

Celui qui avait ainsi parlé remua comme s'il se sentait incommodé et revint à son immobilité silencieuse, sur sa chaise, mais cette déclaration à laquelle nul ne s'attendait eut un effet insolite et traversa le louloutage des Loulous. Et je ne sais si tous eurent la même impression : ces doigts épais, cette peau du cou rougie par le col dur, cette rudesse corporelle, ses propres soucis, irritations et éruptions, tout, y compris un bouton à la racine du nez, le rattachait à Ginette. Et Ginette à lui. Chez lui, le noir de la soutane et les doigts manipulés, chez elle, la fixité du regard, la confiance, le droit à l'amour, chez lui la gaucherie, le tourment de l'une, le supplice de l'autre, le droit de la première, le désespoir du second, tout, tout se mêlait en une communauté très claire, et peu claire, saisissable, et insaisissable, chacun dans son jus et tous deux dans le même, « on est comme on est ».

Je mangeais mon gâteau. Je cessai de manger, ma gorge se serra, je restai la bouche pleine à examiner... cela... cela... comment l'appeler? Retour vers l'intérieur, ma propre horreur, ma propre saleté, mes propres crimes, être ainsi emprisonné en soi, condamné à soi, ah! être ainsi renfermé! En soi! Et en un éclair : cela doit conduire au chat, le chat est là, tout près... et aussitôt le chat m'apparut, je ressentis le chat. Je ressentis le chat enterré, le chat étranglé — pendu entre le moineau et le bout de bois, immobiles là-bas, qui prenaient de l'importance par leur propre immobilité dans cet endroit perdu, abandonné. Obstination diabolique! Plus ils étaient loin, plus ils étaient près! Plus ils étaient insignifiants, absurdes, et plus ils étaient imposants, puissants! Quel piège, quelle combinaison infernale! Quel traquenard!

Le chat, le chat étranglé... pendu!

VIII

Lucien dit à Léna, d'une voix somnolente, qu'il voudrait bien faire une petite sieste. En effet : une sieste s'imposait après ce voyage commencé à l'aube. On se lève, on se met en quête de couvertures.

— Tri-li-li!

La ritournelle de Léon. Mais plus forte que d'habitude, et provocante. Bouboule demanda, étonnée :

— Tu veux quelque chose, Léon?

Il était assis tout seul près de la table encombrée de vaisselle et des restes du banquet, sa calvitie et son binocle brillaient, la sueur perlait à son front.

— Berg!

— Comment?

— Berg!

— Quoi, « berg »?

— Berg!

Pas une ombre de bienveillance. Un Faune, un César, Bacchus, Héliogabale, Attila. Puis il eut un sourire honnête derrière son binocle.

— Nitchevo, ma petite vieille, c'est deux juifs qui discutent... C'est une blague... Je la raconterai une autre fois...

C'était la fin, la dissolution... la table abandonnée,

chaotique, les chaises qu'on déplace, les couvertures, les lits dans les chambres vides, la torpeur, le vin...

Vers cinq heures, après la sieste, je sortis devant la maison.

La plupart dormaient encore. Personne. Une prairie parsemée de sapins, d'épicéas, de rocs, ensoleillée, chaude, derrière moi la maison pleine de sommeil, de mouches, devant moi cette prairie et, au-delà, les montagnes, ces montagnes, ces montagnes tout autour, si escarpées et boisées...! incroyable comme ces coins perdus sont boisés! Cet endroit n'était pas le mien, à quoi bon, si j'étais ici, je pouvais aussi être ailleurs, tout se valait, je savais que derrière ce mur de montagnes se trouvaient d'autres zones inconnues, mais qu'elles ne m'étaient pas davantage étrangères : entre moi et le paysage s'était instaurée cette espèce d'indifférence qui peut se transformer en sévérité ou même en quelque chose de pire. En quoi? Dans le sommeil isolé de ces prés, de ces bois qui se haussaient dans leurs profondeurs, inconnus, inintéressants, séparés, se cachait la possibilité de soudain saisir, tordre, étrangler et, ha ha! de pendre, mais cette possibilité était « derrière », « au-delà ». Je me tenais dans l'ombre, juste devant la maison, au milieu des arbres. Je fouillais dans mes dents avec une brindille. Il faisait chaud, mais le fond de l'air était frais.

Je regardai autour de moi. A cinq pas, Léna.

Elle était là. En l'apercevant ainsi à l'improviste, je la trouvai surtout petite, enfantine, et mon regard fut attiré par sa petite blouse sans manches, verte. Cela ne dura qu'un instant. Je détournai la tête, regardai ailleurs.

— C'est joli. N'est-ce pas?

Elle dit ces mots parce qu'elle devait dire quelque chose, se trouvant à cinq pas de moi. Je continuais à ne pas la regarder, et cela me tuait, de ne pas regarder; était-elle venue à moi — à moi —, voulait-elle commencer avec moi? cela m'effrayait, je ne regardais pas et je ne savais pas ce que je devais faire, il n'y avait rien à faire, je restais là, je ne regardais pas.

— Alors vous êtes muet? D'admiration?

Oh, un petit ton un peu louloutique...

— Où est ce panorama de M. Wojtys?

C'est moi qui avais dit cela, pour dire quelque chose... Son rire léger, délicat :

— Est-ce que je sais, moi?

De nouveau le silence, mais ce silence choquait moins étant donné que tout se passait *au ralenti*, chaleur, le soir tombait, un caillou, un hanneton, une mouche, la terre. Au moment où expirait le délai normal d'une réplique, je dis :

— Nous le saurons bientôt.

Elle, de son côté, répondit aussitôt :

— Oui, papa nous conduira après dîner.

Je ne dis rien, je regardai la terre devant moi. Moi et la terre, et elle à côté. Je me sentais mal à l'aise, j'en avais même assez, j'aurais préféré qu'elle s'en aille... Il fallait à nouveau dire quelque chose, mais avant de parler je lui lançai un bref regard, vite, vite, et j'entrevis par ce clin d'œil, à peine, à peine, qu'elle non plus ne me regardait pas et dirigeait les yeux ailleurs, comme moi, et cet échange de deux non-regards, le mien et le sien, me rappelait cet affaiblissement amer né de l'éloignement : nous n'étions pas assez présents, moi et elle, elle et moi, c'était comme si l'on nous avait projetés d'ail-

leurs, de là-bas, malades, mal existants, semblables
à ces apparitions des rêves, qui ne regardent pas et
dépendent d'autre chose... Sa bouche restait-elle
« rattachée » à cette horrible lèvre fuyante qui se
trouvait là-bas, à la cuisine ou dans la petite
chambre? Il fallait vérifier. Je regardai à la dérobée
et vis mal la bouche, mais j'aperçus pourtant que
oui, en effet, cette bouche d'ici était avec celle de
là-bas comme deux villes sur une carte, comme
deux étoiles dans une constellation; et plus encore,
maintenant, à distance.

— A quelle heure devons-nous partir?

— Peut-être vers onze heures et demie. Je ne
sais pas.

Pourquoi lui avais-je fait cela?

Souiller ainsi... Qu'avais-je eu besoin, jadis, la
première nuit, dans le corridor... de commencer...
(Eh oui, nos actions sont d'abord inconsistantes et
capricieuses, comme des criquets, et c'est tout doucement, au fur et à mesure qu'on y revient, qu'elles
revêtent un caractère convulsif, elles saisissent
comme avec des tenailles, elles ne lâchent plus —
donc que peut-on savoir? Là-bas, jadis, dans la
nuit, dans ce corridor où, pour la première fois, sa
bouche s'était associée à celle de Catherette, oh, un
caprice, une fantaisie, une broutille, cette association d'idées si fugitive! Et aujourd'hui? Que
pouvait-on faire maintenant, grand Dieu, que
faire? Maintenant que je l'avais déjà ainsi, en moi,
corrompue, au point de pouvoir l'approcher,
l'attraper, lui cracher dans la bouche — pourquoi
l'avais-je ainsi corrompue? C'était pire que de
violer une petite fille et c'était un viol dont j'étais
l'objet, ce viol retombait « sur moi »; cette expression évoquait le prêtre, le péché était dans l'air, je

de vinai que je me trouvais en état de péché mortel, ce qui me ramena au chat et le chat revint.)

La terre... les mottes de terre... deux mottes séparées par quelques centimètres... combien? Deux, trois, il fallait marcher un peu... Il fallait avouer que l'air... une autre motte... combien de centimètres?

— J'ai fait la sieste après déjeuner, dit-elle de sa bouche que je savais (que je ne pouvais plus ne pas savoir) corrompue par l'autre...

— Moi aussi, j'ai fait la sieste.

Ce n'était pas elle. Elle était là-bas, dans la maison, dans le jardin où les petits arbustes blanchis étaient fixés à leurs tuteurs. Moi non plus, je n'étais pas ici. Mais justement pour cette raison, nous étions ici cent fois plus importants. Comme si nous étions des symboles de nous-mêmes. La terre... les mottes... l'herbe... Je savais que, *à cause de l'éloignement*, il fallait marcher un peu, — qu'est-ce que je faisais ici? — que, *à cause de l'éloignement*, le poids d'ici et d'aujourd'hui devenait immense. Et décisif. Et cette immensité, puissante... oh assez, partons! Immensité, qu'est-ce que cet oiseau, immensité, le soleil baisse déjà, une petite promenade... Si j'ai étranglé, pendu le chat, elle aussi il faudra l'étrangler, la pendre... Cela tombera sur moi.

Dans les buissons au bord de la route, lui, le moineau, pend, et le bout de bois pend aussi, dans la cavité du mur, ils pendent, mais l'immobile de cette immobilité dépasse toutes les limites de l'immobilité, une limite, une deuxième limite, une troisième limite, il dépasse la quatrième, la cinquième, la sixième pierre, la septième pierre, l'herbe... Il fait plus frais...

Je regardai à la ronde, elle n'était plus là, elle

était partie avec sa bouche débauchée et elle était là-bas avec cette bouche quelque part. Je partis aussi, c'est-à-dire je partis du lieu où je me trouvais, et je marchai dans la prairie, sous le soleil devenu moins importun, dans le sein calme des montagnes. Mon attention était absorbée par de petits accidents de terrain, par des cailloux dans l'herbe qui gênaient la marche; quel dommage qu'elle ne m'oppose pas de résistance, mais d'un autre côté comment résister si la parole n'est qu'un prétexte pour la voix? ah, comme elle en avait « témoigné » naguère, après le meurtre du chat! bon, tant pis, elle n'oppose pas de résistance, il n'y aura pas de résistance. Quelle amertume que celle de notre rencontre, sans face-à-face, sans regards, comme aveugle — toujours plus de fleurs dans l'herbe, des bleues et des jaunes, des groupes de sapins, d'épicéas, le sol s'abaissait et j'étais déjà assez loin, substance inconcevable de ce qui est autre et lointain, papillons voletant dans le silence, une brise caressante, la terre et l'herbe, des bois qui se prolongeaient en sommets, et, sous un arbre, une calvitie, un binocle : Léon.

Il était assis sur un tronc d'arbre et fumait une cigarette.

— Que faites-vous là?

— Rien, rien, rien, rien, rien, rien, répondit-il, puis il eut un sourire bienheureux.

— Qu'est-ce qui vous amuse ainsi?

— Quoi? Rien! C'est justement ça : « Rien! » Eh, c'est un calembour, euh... C'est « rien » qui m'amuse, voyez-vous, excellent Monsieur, honorable compagnon d'aventures, parce que « rien » est justement ce qu'on fait toute la vie. Le pauvre type se lève, s'assoit, il parle, écrit... et rien. Le pauvre type achète, il vend, il se marie, il ne se marie pas, et rien. Le pauvre type, le voilà assis sur un tronc d'arbrus, et rien. Du vent.

Il laissait tomber ses paroles avec nonchalance, comme de mauvaise grâce.

Je dis :

— Vous parlez comme si vous n'aviez jamais travaillé.

— Travaillé? Eh bien vous!... Oh là là! Et comment! La banque! la banquoche! la grosse banque qui me gli-gli-gli dans le ventre. Une baleine. Hum. Trente-sept ans! Et quoi? Rien!

Il réfléchit et souffla sur sa main.

— Ça a fui.

— Qu'est-ce qui a fui?

Il répondit d'une voix nasale, monotone :

— Les années se dissolvent en mois, les mois en jours, les jours en heures, en minutes et en secondes, et les secondes fuient. On ne peut pas les attraper. Ça fuit. Que suis-je? Je suis une certaine quantité de secondes — qui ont fui. Résultat : rien. Rien.

Il devint rouge et cria :

— C'est du vol!

Il ôta son binocle et frémit, sénile, semblable à ces vieux messieurs indignés qui protestent parfois au coin d'une rue, dans le tramway, ou devant un cinéma. Lui parler? Parler? Mais pour quoi dire? Je restais égaré, hésitant entre la droite et la gauche; tant et tant d'intrigues, de liaisons, d'insinuations, si j'avais voulu les énumérer toutes depuis le début : le bouchon, la soucoupe, le tremblement des mains, la cheminée, je me serais perdu, un brouillard d'objets et de faits mal dessinés, incohérents, toujours un détail ou un autre se rattachait à un second, s'y engrenait, mais aussitôt se développaient d'autres liaisons, d'autres orientations — voilà ce dont je vivais, comme si je ne vivais pas, le chaos, un tas d'ordures, une bouillie — je plongeais la main dans un sac plein d'ordures, j'en retirais des choses au hasard, je regardais si cela se prêtait à la construction... de ma maisonnette... qui, la pauvre, prenait des formes bien fantastiques... et ainsi à l'infini... Mais ce Léon? Depuis longtemps déjà j'avais noté qu'il semblait rôder autour de moi et même m'accompagner; il existait entre nous des analogies, ne serait-ce que celle-ci : il se perdait dans les secondes comme moi dans les détails, eh oui, d'autres indices encore donnaient à penser, ces boulettes de pain pendant le dîner et d'autres bagatelles, ce « tri-li-li », et finalement, sans savoir pourquoi, j'entrevis que cet affreux « égoïsme » (« on est comme on est ») me venant, comme une odeur, des Tony et du prêtre, avait aussi quelque chose à voir avec Léon. Qu'avais-je à perdre en faisant maintenant une allusion au moineau et à toutes les étrangetés de la maison de là-bas? Appliquer cela contre lui et regarder si quelque chose ne m'apparaît pas. J'étais comme une voyante concentrée sur sa boule de cristal.

— Vous êtes énervé, ça n'a rien d'étonnant... après les histoires des derniers jours. Avec le chat et... Des broutilles, mais ce sont aussi des casse-tête, il est difficile de s'en dégager, c'est comme une invasion de vermine...

— Le chatus? Bagatelle! qui donc irait se préoccuper du cadavre d'un matou! Regarde, vieux frère, ce bourdon, quel bruit il fait, le coquin! La charogne du chat me chatouillait, encore hier, le système nerveux, le chat chatouillait... mais aujourd'hui, le regard sur les montagnes, sur mes monts tontons chérissimes...! D'accord, j'ai dans les nerfs une espèce de tension, mais plutôt festivalique, traderidera, et tralala, solennelle, un festival de fêtes solennellement solennisé, hourra, c'est la fête, c'est la fête! La fête! N'avez-vous point, cher cher cher cher ami, remarqué quelque chosibus?

— Quoi?

Il me montra du doigt une fleur à sa boutonnière.

— Et veuillez avoir la bonté d'avancer votre honorable nez, et de sentir.

Le flairer? Cela m'inquiéta, et peut-être plus qu'il n'était normal...

— Pourquoi? demandai-je.

— Je suis légèrement parfumé.

— Vous vous êtes parfumé pour vos hôtes?

Je m'assis sur un autre tronc d'arbre, un peu plus loin. Sa calvitie créait avec son binocle un ensemble de coupole et de verre. Je demandai s'il connaissait les noms des montagnes, non, il ne les connaissait pas, je demandai comment s'appelait cette vallée, il grogna qu'il l'avait su, mais qu'il l'avait oublié.

— Que vous importent les montagnes? Les noms? Ce n'est pas d'un nom qu'il s'agit.

J'allais demander « et de quoi s'agit-il alors? », mais je me retins. Qu'il le dise tout seul. Ici, à cette distance, « halte là, halte là, halte là, les montagnards sont là! ». Ah, et quand Fuchs et moi nous étions arrivés jusqu'au mur de la clôture, où nous avions découvert le bout de bois, là aussi on se sentait comme au bout du monde — les odeurs, de pisse peut-être, la chaleur, le mur — et maintenant, ici, à cet endroit, à quoi bon demander, il valait mieux que ça commence tout seul... parce que, sans aucun doute, une nouvelle combinaison m'assaillait et quelque chose commençait à se tramer, à se

157

nouer... Mais chut! Je restais assis comme si je n'avais pas été là.

— Tri-li-li.

Moi, rien. Je restais assis.

— Tri-li-li.

Le silence, de nouveau, la prairie, l'azur, le soleil déjà plus bas, des ombres qui s'allongeaient.

— Tri-li-li!

Mais cette fois il y allait carrément, c'était agressif comme un signal d'assaut. Et aussitôt tomba un

— Berg!

A voix très haute, très nette... je ne pouvais pas ne pas demander ce que cela signifiait.

— Comment?

— Berg!

— Quoi, berg?

— Berg!

— Ah oui, vous parliez de deux juifs... C'est une histoire juive.

— Quelle histoire? Berg! Le berguement du berg dans le berg — vous comprenez? — le bembergue-ment du bemberg...

Il ajouta d'un ton rusé :

— Tri-li-li.

Il remua les bras et même les jambes, comme sous l'effet d'une danse intérieure, triomphale. Il répéta machinalement et obscurément un berg... berg... venu de profondeurs mal discernables. Il se calma. Il attendit.

— Bon. Eh bien, je vais faire un tour.

— Restez donc assis, pourquoi vous promener en plein soleil? C'est plus plaisant à l'ombre. C'est plaisant. Les petits plaisirs de ce genre sont les meilleurs. C'est bon. Ça fait du bien.

— J'ai remarqué que vous aimiez les petits plaisirs.

— Comment? Quoi? Pardon?

Une sorte de rire intérieur clapota :

— Ma parole, aussi vrai qu'il fait beau, vous pensez à mes petits amusements personnelorum, sur la nappe, sous les yeux de ma moitié? Discrets, comme il convient, pour éviter tout scandale? Seulement elle ne sait pas...

— Que quoi?

— Que berg. Berguement avec mon berg dans toute la bemberguité de mon bemberg!

— Bon, bon... Reposez-vous, je vais faire un tour...

— Où courez-vous comme ça? Attendez donc un tout petit instant, je vous dirai peut-être...

— Quoi?

— Ce qui vous intéresse. Ce dont vous êtes curieux...

— Vous êtes un cochon. Un saligaud.

Silence. Les arbres. L'ombre. Clairière. Silence. J'avais parlé moins fort, mais qu'avais-je à craindre? Au pis, il s'offenserait et me mettrait dehors. Bon, eh bien, ça s'arrêtera, ça se brisera là, je déménagerai dans une autre pension, ou bien je reviendrai à Varsovie pour énerver mon père et conduire ma mère au désespoir par mon insupportable personne... Bah, il ne s'offensera pas.

— Vous êtes un sale cochon, ajoutai-je.

Clairière. Silence. A vrai dire une seule chose m'importait : qu'il ne devienne pas fou. On pouvait craindre en effet qu'il ne fût un maniaque, *mente captus*, auquel cas il aurait perdu toute importance, lui ou ses actions ou déclarations éventuelles, et alors *mon histoire à moi* pourrait apparaître comme fondée sur les extravagances gratuites d'un pauvre idiot, comme une futilité. Mais en le plongeant dans la cochonnerie... là, je pourrais l'utiliser, là, il pouvait se rattacher pour moi à Ginette, au prêtre, à mon chat, à Catherette... là, il pouvait m'être utile, comme une pierre de plus à ma propre maisonnette, celle que je construisais laborieusement.

— Pourquoi vous irriter? demanda-t-il.

— Je ne m'irrite pas.

La paix de la nature...

D'ailleurs si je l'avais offensé, l'offense était vague, lointaine comme vue par un télescope.

— Je pourrais vous demander : de quel droit?

— Vous êtes un vicieux.

— Assez! Assez! Permettez, je vous demande pardon, s'il vous plaît, s'il vous plaît, Monsieur le Juge, moi, Léon Wojtys, père de famille exemplaire, sans casier judiciaire, ayant travaillé toute son existence, jour après jour à l'exception des dimanches, entre la banque et la baraque, entre la baraque et la banque, maintenant retraité, mais non moins exemplaire, je me lève à six heures quinze, je m'endors à onze heures trente (sauf en cas de petit bridge avec l'autorisation de ma moitié), cher Monsieur, s'il s'agit de ma moitié, en trente-sept ans de vie conjugale je n'ai pas une seule fois, avec une autre femme, euh... euh... Je ne l'ai pas trompée. Pas une seule fois. Trente-sept ans. Pas une seule fois! Vous voyez! Je suis un mari affectueux, bon, compréhensif, courtois, conciliant, le meilleur des pères, très aimant, plein de bonne volonté envers autrui, agréable, bienveillant, serviable, dites-moi donc, s'il vous plaît, ce qui, dans mon existence, vous autorise à de telles... insinua-

tions, dirai-je... que prétendûment je... en marge
de ma vie conjugale immaculée... la boisson, le
cabaret, l'orgie, la débauche, le libertinage avec
des cocottes, peut-être même des bacchanales, avec
des odalisques, à la lueur des lampions, mais vous
voyez bien vous-même, je suis assis tranquillement,
je bavarde et (il me cria au nez, d'une voix triomphale) je suis correct et *tutti frutti*.

« *Tutti frutti* »! La canaille!
— Vous êtes onaniste.
— Quoi? Pardon? Que dois-je comprendre?
— On est comme on est!
— Que signifie?

J'avançai mon visage tout près du sien et je lui
dis :
— Berg!

Ce fut efficace. D'abord il hésita, surpris de ce
que ce mot lui parvînt de l'extérieur. Il s'étonna et
même, après m'avoir regardé avec irritation, il
grogna :
— Qu'est-ce que vous racontez?

Mais aussitôt, il trembla d'un rire muet, on aurait
dit qu'il se gonflait d'hilarité :
— Ha ha ha, oui d'accord, berguement du berg
à double ou triple dose, berg discretibus et secre-
tibus par système spécifique à chaque moment du
jour et de la nuit, et de préférence à la table de
famille et de salle à manger, bemberguement solitaire et discret sous l'œil filial et épousal! Berg!
Berg! Vous avez l'œil, très cher Monsieur! Ce
néanmoins, si je puis me permettre...

Il redevint sérieux, pensif, puis, comme s'il s'était
rappelé quelque chose, fouilla dans sa poche et me
montra, dans le creux de sa main : un morceau de
sucre dans son papier, deux ou trois bonbons, une

pointe de fourchette, deux photos indécentes, un briquet.

Détails... Détails comme, là-bas, les mottes, les flèches, les bouts de bois, les moineaux! En un instant, j'acquis la certitude que c'était lui.

— Qu'est-ce que c'est?

— Ça? Bergfriandises et bergpunitions du Tribunal Suprême. Bergpunitions du Département Pénal Régional, et bergfriandises du Département des Délices et des Caresses. Le châtiment et la récompense.

— Qui châtiez-vous et récompensez-vous?

— Qui?

Raide, il gardait la main tendue et il regardait machinalement « sa » main, comme le prêtre jouait avec « ses » doigts, comme Ginette se délectait de « son » amour... et... et... et comme moi j'avais corrompu « le mien »... La crainte qu'il ne devînt fou avait disparu, il me paraissait plutôt, désormais, que nous travaillions ensemble, et durement. Oui, dur travail, travail à distance, j'essuyai « mon » front qui, du reste, était sec.

Il faisait chaud, mais ce n'était pas insupportable...

Il mouilla de salive son doigt et en barbouilla laborieusement sa main, puis examina son ongle avec attention.

— Vous vous faites la nique! remarquai-je.

Il s'amusa bruyamment, à tous les échos, et, en restant assis, se mit presque à danser :

— Ha ha ha, oui, parole d'honneur, je me fais la nique.

— C'est vous qui avez pendu ce moineau?

— Quoi? Qui? Le moineau? Non. Non, voyons!

— Alors qui est-ce?

— Comment voulez-vous que je le sache?

La conversation s'arrêta net, je ne savais si je devais la ranimer ici, dans ce paysage figé. Je grattai sur mon pantalon la terre qui s'y était collée. Nous siégions sur ce tronc d'arbre comme deux sages conseillers, mais on ne savait sur quoi nous devions tenir conseil. Je lui redis « Berg... », mais plus bas, plus calmement, et mes pressentiments ne m'avaient pas trompé, car il me regarda avec sympathie, claqua des doigts, murmura :

— Bergus, bergus, je vois que vous êtes un bembergueur!

Il demanda, sur un ton objectif :

— Vous bemberguez?

Et il rit aux éclats :

— Mon très-très cher! Savez-vous bien, ami chéri, pourquoi je vous ai admis au bemberg? Que pensez-vous, très cher ami, avec votre petite tête? Que Léo Wojtys est assez bêta pour admettre le premier venu au bembergus-bergus? Vous plaisantez! Je vous y ai admis parce que...

— Parce que quoi?

— Comme vous êtes curieux! Mais d'accord, je vais vous le dire.

Il me saisit doucement l'oreille — et souffla dedans.

— Je vais vous le dire. Pourquoi ne le dirais-je pas? Eh bien c'est que ma propre enfant, mademoiselle Wojtys, fille de son père et prénommée Héléna-Léna, vous vous la berg berg bemberguez dans le berg! Berg! En cachette. Vous croyez que je n'ai pas d'yeux pour voir? Vaurien!

— Quoi?

— Voyou!

— Que me voulez-vous!

— L'eau qui dort! Ma fille, mon jeune Monsieur, vous la b... berg!... Bergsecrètement, en bergamouraché, et vous voudriez, cher vicomte, vous emberguer sous sa jupe en plein dans son mariage au titre de bergamant numéro un! Tri-li-li! Tri-li-li!

L'écorce d'un arbre, des nœuds, des veines, donc il savait, il devinait en tout cas... donc mon secret n'était plus un secret... mais que savait-il? Comment parler avec lui? De façon normale ou... privée?

— Berg, dis-je.

Il me regarda avec approbation. Une nuée de papillons blancs, boule tourbillonnante, vola au-dessus de la prairie et disparut derrière les mélèzes du ruisseau (il y avait un ruisseau).

— Vous avez bergué? Ah, vous êtes un malin! Moi aussi je bergue. Nous bemberguerons tranquillement ensemble! Ah, mais à condition, citoyen, que vous fermiez votre museau avec un triple cadenas, pas un mot à personne, pas un mot, parce que si vous motez à mon épouseron bien-aimée, à ma pâquerillette, alors gare! On vous mettra à la porte pour avoir convoité la couche conjugale de ma fille chérie! Compris? Pour cette raison, considérant que vous êtes digne de confiance, il est décidé par décret beuh... beuh... n° 12.137 de vous admettre à ma fête bergbembergale de ce jour, strictement secrète, à ma bergcérémonie avec fleur et parfum. En d'autres termes : pensez-vous, cher chevalier, que je vous aie tous traînés ici pour admirer le paysage?

— Pourquoi, alors?

— Pour une célébration.

— De quoi?

— D'un anniversaire.

— De quoi?

Il me considéra et dit pieusement, avec une sorte d'étrange sollicitude :

— De quoi? De la plus grande bamboche de ma vie. Il y a vingt-sept ans.

Il me considéra de nouveau et il avait le regard mystique d'un saint ou même d'un martyr. Il ajouta :

— Avec une cuisinière.

— Quelle cuisinière?

— Celle qui était là à l'époque. Oui! J'ai réussi une seule fois dans ma vie, mais très bien! Cette bamboche, je la porte en moi comme le très-saint sacrement. Une seule fois dans ma vie!

Il se calma pendant que, moi, je contemplais les montagnes environnantes, des montagnes et encore des montagnes, des rochers et des rochers, des forêts et des forêts, des arbres et des arbres. Il mouilla son doigt de salive, en barbouilla sa main, examina. Il reprit lentement, normalement, sérieusement :

— Parce que, il faut que vous sachiez, j'ai eu une jeunesse comme ci comme ça. Nous habitions dans une petite ville à Sokolow, mon père dirigeait une coopérative, vous savez ce que c'est, il faut de la prudence, les gens savent tout de suite tout, vous savez ce que c'est, dans une petite ville on vit comme dans une maison de verre, chaque pas, geste, mouvement, tout est à découvert, grand Dieu, et moi j'ai grandi comme ça en me sentant regardé, et en plus, j'avoue, je ne me suis jamais trop distingué par ma hardiesse, eh oui, timide, silencieux... est-ce que je sais?... naturellement, j'ai bien fait de petites choses, quand l'occasion s'en présentait, on faisait comme on pouvait, mais pas grand-chose. Pas grand-chose. Toujours observé. Et ensuite, vous savez, bon, dès que je suis entré à la banque, je me suis marié et là, est-ce que je sais, oui bien sûr, un peu, mais pas beaucoup non plus, comme ci comme ça, nous aussi nous avons surtout habité dans de petites villes, comme dans une maison de verre, on voit tout, et je dirais même qu'il y avait encore plus à observer, parce que dans le mariage, vous savez, l'un observe l'autre du matin au soir et du soir au matin et vous pouvez vous imaginer ce que c'était pour moi sous l'œil pénétrant de ma femme et après, de mon enfant, eh oui, à la banque aussi on est observé, moi j'avais imaginé un plaisir, dans l'exercice de mes fonctions, j'avais fait une raie sur mon bureau et je la creusais avec l'ongle, mais voilà le chef de section qui arrive, qu'est-ce que vous fabriquez avec votre ongle, eh oui, c'est pénible, mais en tout cas et en conséquence j'ai dû, vous le comprenez, recourir toujours davantage à de tout petits plaisirs, presque invisibles, des à-côtés; un jour, quand nous habitions à Drohobycz, une actrice est venue en tournée, elle était splendide, une véritable reine, et moi, par hasard, j'ai touché sa petite main dans l'autobus, ah quelle extase, quelle folie, quelle excitation sauvage, ah pouvoir recommencer, mais rien à faire, ça ne reviendra pas, mais à la fin, dans mon amertume, je fais travailler mes méninges, pourquoi vas-tu chercher la main de quelqu'un d'autre, tu en as deux à toi, et, croyez-le, avec un certain entraînement on peut se spécialiser et une main peut tâter l'autre, sous la table par exemple, personne ne voit, et même si on voyait, ce n'est rien, on peut se toucher et pas seulement avec les mains, avec les cuisses aussi, par exemple, ou bien toucher son oreille avec le doigt, parce qu'il semble, savez-vous, que la volupté soit une question d'intention, si vous tenez bon vous pouvez vous servir de votre propre corps, je n'en dis pas plus, mais faute de grives on prend des merles, bien sûr j'aimerais mieux une houri-odalisque... mais puisqu'il n'y en a pas...

Il se leva, fit un salut et chanta :
Quand on n'a pas ce que l'on aime
Il faut aimer ce que l'on a.
Il fit un salut et se rassit.

— Donc, je ne peux pas me plaindre, j'ai tout de même tiré quelque chose de mon existence, et si les autres en ont fait davantage, tant mieux pour eux, d'ailleurs qui peut savoir, chacun raconte des blagues, il se vante qu'avec celle-ci ou celle-là..., mais en réalité c'est misère et compagnie, chacun rentre chez soi, s'assoit, se déchausse, et va se coucher tout seul, alors à quoi bon tous ces bavardages, moi au moins... savez-vous, si on se concentre et si on commence à s'offrir de petits, de tout petits plaisirs, et pas seulement érotiques... parce que par exemple vous pouvez vous amuser comme un roi en faisant des boulettes de pain, en essuyant votre binocle, j'ai pratiqué ça pendant deux ans, ici on me cassait la tête avec des histoires de famille, de bureau, de politique, mais moi j'avais mon binocle... eh bien, qu'est-ce que je voulais dire, ah oui ! vous n'avez pas idée combien, avec ces petits détails, on devient immense, c'est incroyable comme on grandit, le talon vous démange comme s'il se trouvait à l'autre bout de la Pologne, d'ailleurs même une démangeaison au talon peut vous procurer certaines satisfactions, tout dépend de l'intention, du point de vue, comprenez-vous, si un cor peut faire mal, pourquoi ne pourrait-il pas aussi vous donner du plaisir ? Et quand on enfonce la langue dans les trous entre les dents ? Qu'est-ce que je voulais dire? L'épicurisme, c'est-à-dire la *volupta-tibus*, peut être de deux sortes, *primum* le sanglier, le lion, le buffle, *secundum* la puce, le moustique, *ergo* à grande ou à petite échelle, mais si c'est à petite échelle, alors il faut être capable de microsco-piser, de doser et de diviser, ou de décomposer, car avec un bonbon, par exemple, vous pouvez dis-tinguer plusieurs étapes, *primum* flairer, *secundum* lécher, *tertium* enfourner, *quartum* s'amuser avec la langue, avec la salive, *quintum* recracher sur la main, examiner, *sextum* le faire crever sur une dent, pour m'en tenir à ces quelques étapes, mais comme vous voyez, on peut se débrouiller tant bien que mal sans dancing, champagne, soupers, caviar, décolletés, froufrous, bas, culottes, seins, gonfle-ments, chatouillements, hi-hi-hi, oh, que faites-vous, comment osez-vous, laissez-moi, hi-hi-hi, ha-ha-ha, oh oh oh, ouh, ouh, en caressant la nuque. Moi, au dîner, je suis assis tranquillement, je bavarde avec ma famille, avec les pensionnaires, et pourtant, même ainsi je décroche en cachette un peu des joies parisiennes. Et on peut essayer de me surprendre! Hé-hé-hé, on ne me surprendra pas! Tout repose sur une espèce de rembourrage intérieur, agréable et voluptueux, avec des éventails, des panaches, dans le genre de Soliman le Magnifique. Les dé-charges d'artillerie sont importantes. Ainsi que les sonneries de cloches.

Il se leva, fit un salut, chanta :

Quand on n'a pas ce que l'on aime
Il faut aimer ce que l'on a.

Il fit un salut. Il se rassit.

— Vous me soupçonnez certainement d'avoir le *spiritus démentiel?*

— Un peu.

— Bon, supposez-le, ça facilite les choses. Moi-même je joue un peu au fou, pour faciliter. Parce que si je ne facilitais pas, cela deviendrait trop difficile. Vous aimez les plaisirs?

— Oui.

— Et la voluptatibus? Vous l'aimez?

— Oui.

— Alors vous voyez, mon jeune ami, nous commençons à être d'accord. C'est simple. L'homme... aime... quoi? Il aime. Il aimouille. Il aimouille berg.

— Berg.

— Quoi?

— Berg!

— Comment ça?

— Berg.

— Assez! Assez! Non...

— Berg!

— Ha-ha-ha-ha, c'est vous qui m'avez bembergué; vous êtes un pince-sans-rire et un malin! Qui aurait imaginé? Vous êtes un berg-bergueur. Bergusberg! En avant! Carrément! Allons-y! Allons-y-berg!

J'observai la terre — à nouveau l'observation de la terre, avec ses herbes... avec ses mottes... Des milliards!

— Lécher!

— Quoi?

— Lécher, je dis, léchouilleberg... ou bien cracher!

— Que dites-vous? Que dites-vous?! criai-je.

— Cracher du bemberg dans le bergus!

La prairie. Les arbres. Le tronc. Coïncidence. Hasard. Ne pas s'alarmer! C'est un hasard s'il a parlé de « cracher »... mais tout de même... pas dans la bouche... Du calme! Ce n'est pas de moi qu'il s'agit!

— Cette nuit, ce sera une fête.

— Quelle fête?

— Cette nuit, ce sera un pèlerinage.

— Vous êtes pieux, remarquai-je.

Lui me regarda avec la même sollicitude étrange qu'auparavant et dit avec ardeur, mais modestement :

— Comment ne serais-je pas pieux? La piété est ab-so-lu-ment et ri-gou-reu-se-ment exigée : même le plus minime des petits plaisirs ne peut se passer de piété; oh, qu'est-ce que je dis, je n'en sais rien moi-même, je suis parfois perdu comme dans un vaste cloître, mais vous devez comprendre que tout cela, ce n'est rien d'autre que la règle et la sainte messe de ma volupté, amen, amen, amen.

Il se leva. Il fit un salut. Il entonna :

Ite missa est!

Il fit un salut. Il se rassit.

— Toute l'affaire, expliqua-t-il d'un ton objectif, c'est que le très cher Léo Wojtys, dans sa triste existence, n'a connu qu'une seule bamboche... comment dirais-je... absolue... et c'était il y a vingt-sept ans, avec cette cuisinière, celle de ce refuge. Il y a vingt-sept ans. Anniversaire. Enfin, pas tout à fait anniversaire, parce qu'il manque un mois et trois jours. Et alors (il se pencha vers moi) ils s'imaginent que je les ai traînés ici pour admirer le paysage. Mais moi je les ai amenés ici en pèlerinage à l'endroit où moi, avec cette cuisinière, je... il y a vingt-sept ans, moins un mois et trois jours... En pèlerinage. Femme, enfant, gendre, prêtre, les Tony, les Louly, tout ça en pèlerinage de ma volupté, de mon berg bergus bambochibusberg et moi à minuit je les emberguerai jusqu'à cette pierre, où moi, à l'époque, avec elle, j'ai berg berg bergus berg et dans le berg! Qu'ils commémorent! Pélerinaberg de voluptaberg, ah, ils n'en savent rien! Vous, vous savez.

Il sourit.

— Mais vous ne le direz pas.

Il sourit.

— Vous bemberguez? Moi aussi je bembergue. Nous bemberguerons tranquillement ensemble!

Il sourit.

— Allez! Allez! Je veux être seul pour me préparer à ma messe dans une pieuse concentration, dans une solennelle évocation et reconstitution, c'est une fête, c'est fête, ah c'est la plus grande des fêtes, laissez-moi seul pour que, dans le jeûne et la prière, je me purifie et me prépare à l'office de ma volupté, à la sainte bamboche de mon existence lors de ce jour mémorable... Allez! *A riverderci!*

La prairie, les arbres, les montages, le ciel avec le soleil déclinant.

— Et ne pensez pas que je suis gaga... Je joue le fou seulement pour faciliter... Mais en vérité je suis moine et évêque. Quelle heure est-il?

— Six heures passées.

Ce « cracher » n'était bien entendu qu'une coïncidence; sur la bouche de Léna en moi il ne pouvait rien savoir, il ne savait rien, curieux cependant que les coïncidences arrivent plus souvent qu'on ne pourrait le supposer, la glu, une chose se colle à l'autre, les événements, les phénomènes sont comme ces billes aimantées qui se cherchent, dès qu'ils sont près l'un de l'autre, hop... ils se réunissent... le plus souvent n'importe comment... mais qu'il ait découvert ma passion pour Léna, eh bien

ça n'a rien d'étonnant, il doit être un bon spécialiste, est-ce donc lui qui a pendu le moineau, lui qui
était derrière la flèche, le bout de bois, le timon
peut-être? Peut-être... oui, c'est lui... mais ce qui
est curieux, vraiment très curieux, c'est que cela ne
change rien : que ce soit lui ou pas, c'est la même
chose, d'une façon comme d'une autre le moineau
et le bout de bois sont là... avec la même force, ils
ne sont nullement affaiblis, mon Dieu, n'y aurait-il
donc plus de salut? Curieux pourtant, vraiment très
curieux, cette sorte d'accord entre nous, cet étrange
engrenage, parfois assez manifeste, comme par
exemple lorsque lui aussi... prend au sérieux les
détails, y aurait-il donc entre nous quelque chose de
commun — mais quoi? — et ne dirait-on pas qu'il
m'accompagne en quelque sorte, qu'il me pousse, et
même qu'il m'emmène?... Parfois, j'avais vraiment
l'impression de collaborer avec lui, comme dans un
pénible enfantement — comme si nous devions tous
les deux enfanter. Voyons, voyons... d'un autre
côté (ou d'un troisième côté? Combien de côtés y
a-t-il?), n'oublions pas ce « on est comme on est »,
n'était-ce pas là la clef de l'énigme, la clef de ce qui
se malaxe, se cuisine ainsi, oh! c'était comme une
vague née de lui et du prêtre et des Tony — et ce
quelque chose s'approchait de moi comme une forêt,
oh une forêt, nous disons « une forêt » mais qu'est-ce
que ça signifie, de combien de petits détails, de
petits éléments, de particules, se compose une seule
feuille d'un seul arbre? nous disons « une forêt »
mais ce mot est formé d'inconcevable, d'inconnais-
sable, d'inconnu. La terre. Les mottes. Les cailloux.
On se repose à la clarté du jour au milieu de choses
ordinaires, quotidiennes, familières depuis l'en-
fance : de l'herbe, des buissons, un chien (ou un

chat), une chaise, mais seulement tant qu'on n'a pas compris que chaque objet est une armée immense, une foule inépuisable. J'étais assis sur ce tronc d'arbre comme sur une valise, dans l'attente d'un train.

— Cette nuit, ce sera le pèlerinage à l'endroit de ma volupté suprême et unique, d'il y a vingt-sept ans, moins un mois et trois jours.

Je me levai. Mais visiblement il ne voulait pas me laisser partir sans informations précises, il se hâtait :

— Cette nuit, fête secrète du bembergus! Les paysages... Quels paysages? Vous êtes tous ici pour fêter la fête de ma Grande Bamboche avec cette cuisinière que j'ai dit, la cuisinière qui travaillait au refuge... cria-t-il, tandis que je m'éloignais, — la prairie, les arbres, les montagnes, les ombres planant comme des vautours.

Je marchais, l'herbe odorante, jaunie, rougie de fleurs, l'odeur, l'odeur qui était et qui n'était pas comme celle de là-bas jadis, le jardinet, le mur, Fuchs et moi nous arrivions en suivant la direction, la direction du manche du balai-brosse, nous arrivions au bout après avoir traversé la zone des arbustes blancs attachés à leurs tuteurs et la zone en friche avec les mauvaises herbes et les gravats... et l'odeur d'urine, ou d'autre chose, dans cette chaleur l'urine, et le bout de bois qui nous attendait dans cette odeur échauffante et écœurante pour se combiner ensuite, pas immédiatement mais ensuite, avec le timon, avec le timon, au milieu des déchets de cette cabane, avec les courroies, les détritus, la porte entrebâillée, et ce timon qui nous avait poussés dans la chambre de Catherette — la cuisine, la clef, la fenêtre, le lierre — où ces choses enfoncées partout avaient conduit aux coups de Bouboule sur la souche, aux coups de Léna sur la table et cela m'avait poussé vers le gros pin, les branches, ça me pique, je grimpe, et là-haut la théière, la théière et cette théière m'avait jeté sur le chat... le chat, le chat! Moi et le chat, moi avec le chat, là-bas, brrrrr, quelle cochonnerie, à vomir!... pensais-je doucement, ensommeillé, la prairie s'endormait, j'avançais lentement, je regardais sous mes pas, je voyais ces fleurs des champs, et tout à coup je tombai dans un piège sur mon chemin.

C'était un piège sans valeur, stupide... Devant moi deux petites pierres, une à droite, une à gauche, et un peu plus loin sur la gauche la tache crémeuse d'un coin de terre que les fourmis avaient retourné, toujours plus loin sur la gauche une grosse racine, noire, pourrie — le tout sur une même ligne, caché au soleil, cousu dans la lumière, dissimulé dans cet air lumineux. J'allais passer entre ces deux pierres, mais au dernier moment je fis un petit écart pour passer entre une des pierres et le petit coin de terre retournée, c'était un écart minime, rien du tout... et pourtant ce très léger écart était injustifié et cela, semble-t-il, me déconcerta... alors, machinalement, je m'écarte à nouveau un tout petit peu pour passer entre les deux pierres, comme j'en avais d'abord l'intention, mais j'éprouve une certaine difficulté, oh très faible, venue de ce que, après ces deux écarts successifs, mon désir de passer entre les pierres a pris désormais le caractère d'une décision, peu importante bien entendu, mais d'une décision quand même. Ce que rien ne justifie car la parfaite neutralité de ces choses dans l'herbe n'autorise pas une décision : quelle différence de passer par ici ou par là? D'ailleurs la vallée, endormie dans ses bois, étourdie dans son bourdonnement de mouches, paraît momifiée. Paix. Somnolence, assoupissement, rêve. Dans ces conditions je décide de passer entre les pierres... mais la décision, après les quelques secondes qui viennent de s'écouler, est devenue plus décisive, et comment décider puisque tout se vaut?... donc je m'arrête à nouveau. Et, furieux, j'avance à nouveau le pied pour passer, comme je le veux désormais, entre la pierre et le coin de terre, mais je constate que si je fais ainsi après deux faux départs, cela ne sera plus une marche normale, mais bien quelque chose d'important... Je choisis donc la route entre le coin de terre et la racine... mais je m'aperçois que ce serait agir comme si j'avais peur, donc je veux à nouveau passer entre la pierre et le coin de terre, mais diable, qu'arrive-t-il, qu'y a-t-il, je ne vais pas m'arrêter ainsi au milieu de la route, quoi donc, lutterais-je contre des fantômes? Qu'y a-t-il? Qu'y a-t-il? Un doux sommeil de chaleur solaire enveloppait les plantes, les fleurs, les montagnes, aucun brin d'herbe ne remuait. Moi je ne bougeais pas. Je restais là, debout. Cette attitude devenait de plus en plus irresponsable et même démente, je n'avais pas le droit de rester là ainsi, IMPOSSIBLE! JE DOIS PARTIR!... mais je restais là. Et alors, dans cette immobilité, mon immobilité s'identifia à celle du moineau, dans les buissons, à celle de l'ensemble qui s'était immobilisé là-bas, moineau-bout-de-bois-chat, à cette formule morte où l'immobilité s'accumulait, ici, dans cette prairie... C'est alors que je bougeai. D'un seul coup, je fis basculer toute cette impossibilité en moi et je passai facilement sans même savoir par où, parce que c'était sans importance, et en pensant à autre chose : que le soleil se couchait plus tôt par ici, à cause des montagnes. Oui, le soleil était déjà assez bas. Je marchai dans la prairie vers la maison, en sifflotant, j'allumai une cigarette et il ne me resta qu'un pâle souvenir de la scène, comme un vague résidu.

Voici la maison. Personne. Les fenêtres, les portes, ouvertes en grand, c'était vide, je me couchai, je me reposai; quand je redescendis je vis Bouboule qui tournait dans le vestibule.

— Où sont-ils tous?

— En promenade. Vous voulez du vin sucré?

IX

Elle me servit et le silence se fit, un silence triste, ou lassé, ou résigné : nous ne cachions ni l'un ni l'autre que nous ne voulions pas parler, ou que nous ne le pouvions pas. Je buvais à lentes gorgées, elle s'était appuyée au chambranle, elle regardait par la fenêtre, elle paraissait épuisée comme après une longue marche.

— Monsieur Witol ! dit-elle sans prononcer le *d* final, ce qui lui arrivait quand elle était énervée. Vous avez déjà vu une garce comme celle-là ? Et cette grue ne laisse même pas tranquille un homme d'église. Qu'est-ce qu'ils s'imaginent, que je suis une patronne de bordel ? (cria-t-elle, déchaînée). Moi je n'accepte pas. Je leur apprendrai à se conduire quand ils sont chez les gens ! Et ce freluquet en culottes de golf est encore pire, quelle horreur, monsieur Witol, si encore elle était seule à faire des coquetteries, mais il fait la même chose, est-ce qu'on a déjà vu un mari provoquer un autre homme avec sa propre épouse, c'est absolument incroyable, il lui fourre sa femme sur les genoux, quel scandale ! un mari pousse sa propre femme vers un autre, et encore, pendant la lune de miel ! Jamais je n'aurais cru que ma fille ait des amies comme ça sans morale et sans éducation, et tout ça contre Ginette, ils s'acharnent à lui gâcher sa lune de miel. Monsieur Witol, j'en ai vu dans ma vie, mais je n'ai jamais rien vu de pareil, moi je ne tolérerai pas cette putasserie.

Elle demanda :

— Vous avez vu Léon?

— Oui, je l'ai rencontré, il était assis sur un tronc d'arbre...

Je vidais lentement mon verre et voulais poursuivre, mais elle n'en avait pas envie, ni moi finalement, impuissance... à quoi bon parler, on était... trop loin... par monts et par vaux... nous étions... nous étions ailleurs...

Ce sentiment était également frappé d'absence, comme s'il n'était pas vraiment ressenti... Je posai mon verre, dis encore quelque chose, partis.

J'avançai de nouveau dans la prairie, mais cette fois dans la direction opposée. Je les cherchais. Les mains dans les poches, tête baissée, réfléchissant au plus profond de moi-même, mais sans une seule pensée — comme si on me les avait toutes prises. La vallée, avec ses panaches d'arbres, ses manteaux de forêts, ses bosses montagneuses, me frappait, mais plutôt de dos, comme une rumeur, comme le bruit d'une cascade lointaine, comme un épisode de l'Ancien Testament ou la lueur d'une étoile. Devant moi, une herbe innombrable. Je relevai la tête — des gloussements louloutiques parvenaient à mes oreilles — la compagnie sortit de derrière les arbres, Loulou, chiche, lâche, Louloute, ou je pique, blouses, châles, foulards, pantalons de golf, cela marchait en désordre, et quand ils me virent ils me firent signe, moi aussi je leur fis signe.

« Où étiez-vous passé? Où étais-tu fourré? Nous, nous sommes allés là-bas, jusqu'à cette colline »... Je me joignis à eux et marchai droit en direction du soleil, qui avait d'ailleurs disparu. Il n'avait laissé derrière lui qu'un grand néant solaire, une sorte de vide ensoleillé qui manifestait la tension de l'éclat venu de derrière les montagnes, comme d'une source cachée — enflammant le ciel lilas qui rayonnait pour lui-même et ne communiquait déjà plus avec la terre. Je regardai alentour, tout avait changé ici, en bas, bien qu'il fît encore clair : un début d'indifférence, d'épaississement et d'abandon, comme si une clef avait tourné dans une serrure : les montagnes, les collines, les pierres, les arbres n'étaient plus qu'eux-mêmes et tiraient à leur fin. Et la gaieté de notre groupe était cacophonique... son d'une vitre fêlée, personne n'allait avec personne, chacun était à part, les Loulous marchaient de leur côté, elle la première, lui derrière, avec des mines voluptueuses, mais on sentait une épine cachée... Au centre, Léna avec Lucien et Fuchs, un peu plus loin Tony et Ginette, derrière eux, le prêtre. Éparpillés. Je pensai qu'ils étaient trop. Que faire, me dis-je, alarmé, que faire avec eux tous?

... Et je fus surpris de voir Fuchs sautiller, tout content, en criant :

— Mademoiselle Léna, défendez-moi!

Alors Louloute :

— Ne l'aide pas, Léna, lui n'est pas en lune de miel!

Et Fuchs :

— Moi je suis toujours en lune de miel, pour moi la lune de miel dure toujours!

Loulou :

— Qu'est-ce qu'il veut encore, celui-là, avec son miel?

Léna, riant avec discrétion...

Oh, le miel... le miel collant de cette lune de miel des trois couples... qui devenait, du côté de Ginette, un miel « bien à soi » ou « privé » comme certaines odeurs, parce que « on est comme on est », et d'abord elle ne se baignait pas, à quoi bon, ou même si elle se baignait c'était avec sérieux, par hygiène, pour elle-même et non pour quelqu'un. Les Loulous attaquaient Fuchs, mais bien entendu c'est de Ginette qu'il s'agissait, Fuchs n'était qu'une bande de billard... et le savait, mais, ravi d'être bombardé de plaisanteries, il en dansait presque, dans son extase rousse, lui, victime de Drozdowski, coquetant dans cette joie médiocre. Tandis qu'il dansait ainsi, un silence renfermé et déplaisant se malaxait du côté des Tony. A mes pieds, l'herbe — et encore l'herbe — avec ses tiges, ses brindilles, dont les diverses situations, les torsions, inclinaisons, brisures, isolements, écrasements, dessèchements, m'apparaissaient fugitivement, absorbés par l'ensemble de cette végétation qui s'étendait sans trêve jusqu'aux montagnes, mais était déjà fermée à clef, abattue, condamnée à elle-même...

Nous avancions lentement. Les rires de Fuchs étaient plus sots que les gloussements des Loulous! Je réfléchis à son crétinisme, au *crescendo* surprenant de son crétinisme, mais davantage encore au miel. Le miel s'accroissait. Cela avait commencé par « la lune de miel ». Maintenant ce miel devenait, grâce à Ginette, toujours plus « privé »... toujours plus écœurant... Et le prêtre y contribuait... par l'incessant mouvement de ses doigts...

Ce miel amoureux, et dégoûtant, il se reliait

aussi un peu à moi. Peuh, les liaisons... Ne plus lier. Associer...

Nos pas lents, errants, nous menèrent à un ruisseau idyllique. Fuchs y courut, chercha l'endroit le plus facile pour traverser et cria « par ici ». L'absence de lumière empiétait toujours davantage sur la lumière, que bordaient les bois à flanc de montagne. Louloute s'écria :

— Loulou, pitié pour mes escarpins, prends-moi sur tes épaules, porte-moi de l'autre côté! oh!

Sur ce, Loulou, avec impudence :

— Tony, s'il vous plaît, portez-la donc!

Quand Tony eut répondu par un toussotement, Loulou ondula des hanches et ajouta, avec une gravité de pensionnaire, très innocente :

— Parole, rendez-moi ce service, je n'ai plus de forces, je suis à bout!

La suite se développa ainsi. Louloute cria à Loulou « lâche! ». Elle courut à Tony et se mit presque à danser : « Monsieur Tony, je suis bien malheureuse, mon mari m'abandonne, ayez pitié de mes escarpins! » Et elle avança le pied. Loulou : « Parole, Tony, un-deux-trois, allez, courage! » Louloute : « Un-deux-trois » et elle voulut se mettre dans ses bras. Loulou : « Allez, courage! Un-deux-trois! »

Je n'observais pas trop car j'étais plutôt absorbé par le décor, par ce qui entourait et enveloppait, par la pression des montagnes, qui embrassaient, qui saisissaient désormais avec une sorte de rigueur, assombries par leurs forêts étalées, tombantes (cela brillait au-dessus de nous, très haut, mais d'un éclat détaché du reste). Cependant je vis très bien les Loulous danser une danse de guerre, le chef d'escadron — rien, Fuchs au septième ciel, Lucien — rien, le prêtre debout, Léna... pourquoi l'avais-je ainsi contaminée, la première nuit, dans le corridor, avec la lèvre de Catherette, et pourquoi, au lieu d'oublier cela le lendemain, l'avais-je repris, affermi? J'étais curieux d'une chose, une chose m'intéressait : cette association était-elle une fantaisie de ma part, ou bien existait-il réellement un lien, dont j'avais l'intuition, entre sa bouche et cette lèvre? Mais lequel? Lequel?

Souverain caprice? Acte de pure fantaisie? Non. Je ne me reconnaissais pas coupable. Cela m'était venu ainsi, mais ce n'était pas moi... Comment, pourquoi me la serais-je rendue exprès dégoûtante, puisque sans elle ma vie perdait désormais sa musique, sa fraîcheur, son ardeur, et devenait pourrie, enlaidie, dénaturée, crevée — sans elle, qui se tenait ici, pleine d'attraits que je préférais ne pas regarder. J'aimais mieux regarder l'herbe, avoir en tête la vallée. Non, ce n'était pas que je fusse empêché de l'aimer à la suite de cette sale association avec Catherette, ce n'était pas cela; je ne voulais pas l'aimer, je n'en avais pas envie, et je n'en avais pas envie parce que, si j'avais eu des boutons sur tout le corps et si, dans cet état, j'avais vu la plus merveilleuse Vénus, je n'aurais pas eu envie non plus. Et je n'aurais pas regardé. Je me sentais mal, donc je n'avais pas envie... Attention, attention... C'est donc moi qui étais dégoûtant, et non pas elle? Donc c'était moi le fauteur de dégoût, c'était ma faute. Je n'y arrivais pas. Je ne trouverais pas. Attention, attention... « prenez-la », les mollets de Loulou couverts de chaussettes à carreaux, « prenez-la, Tony, en camarade, vous aussi vous êtes en lune de miel »...

Et la voix de Ginette, profonde, à pleins poumons, confiante, généreuse!

— Tony, je t'en prie, porte-la donc!

Je regardai. Tony déposait déjà Louloute sur l'herbe de l'autre côté du ruisseau, la farce était finie. Nous reprenons notre marche, nous marchons lentement sur cette herbe... miel, pourquoi le miel, le miel avec les doigts du prêtre? J'allais comme on va la nuit au milieu d'un bois où les bruits, les ombres et les formes fuyantes, insaisissables, emmêlées de façon épuisante, se pressent et vous encerclent, toujours sur le point de vous attaquer... et Léon, Léon avec son bemberg dans le berg? Combien de temps cela allait-il guetter et encercler? D'où bondirait le fauve? Dans la prairie, environnée de monts qui s'enfonçaient en silence dans l'abandon et l'isolement, qui revêtaient de larges couches d'invisible, des nids d'inexistence, des citadelles d'aveuglement et de mutisme... dans cette prairie se montra, derrière des arbres, la maison qui n'en était pas une et existait seulement dans la mesure où elle n'était pas... où elle n'était pas l'autre, celle de là-bas, avec son ensemble systématique : moineau pendu-bout de bois pendant-chat étranglé-pendu-enterré, le tout sous la surveillance et la sollicitude de la bouche « trafiquée » de Catherette, qui se tenait à la cuisine, ou dans le jardinet, ou peut-être sur le perron.

La poussée de cette maison de là-bas à travers celle d'ici était importune — mais elle était aussi maladive, complètement et horriblement maladive — non seulement maladive, envahissante aussi — et je réfléchissais que, tant pis, rien à faire, cette constellation, ces figures, cet ensemble, ce système ne pouvaient plus être brisés, et qu'on ne pouvait plus s'en détacher, et qu'on ne pouvait plus s'en extraire, cela existait déjà trop, cela était trop. Et moi j'avançais machinalement dans la prairie et Lucien me demanda si je ne voulais pas lui prêter une lame de rasoir. (Mais naturellement, très volontiers!) et, pensai-je, cela était invincible parce que toute défense, ou fuite, embrouillait davantage, comme si l'on était tombé dans un de ces pièges où le moindre mouvement vous enserre encore plus... Et qui sait si cela ne m'avait pas attaqué pour la seule raison que je me défendais, oui, qui sait, peut-être avais-je eu trop peur quand, pour la première fois, la lèvre de Catherette s'était mélangée pour moi avec Léna, et cela avait provoqué la première crispation, une crispation préhensile par laquelle tout avait commencé... Ma défense avait-elle donc précédé l'attaque?... Je n'en étais pas sûr... En tout cas, il était désormais trop tard, un polype s'était formé à ma périphérie et plus je le détruisais, plus il existait.

La maison devant nous semblait déjà bien rongée par le crépuscule dans sa substance même, qui s'était affaiblie... et le vallon, vase trompeur, bouquet empoisonné, était rempli d'impuissance, le ciel s'effaçait, des rideaux de brume se tiraient, la résistance croissait, les choses ne voulaient pas communiquer et glissaient dans leur tanière : dépérissement, dislocation, liquidation... Il faisait encore assez clair, mais on sentait une dissolution dangereuse de la vue elle-même. Je souris en pensant que l'obscurité est propice, on peut avancer, s'approcher, toucher, saisir, étreindre et aimer à la folie, mais que faire, je n'avais pas envie, je n'avais envie de rien, j'avais de l'eczéma, j'étais malade... rien faire, rien, cracher seulement, lui cracher dans la bouche et rien.

Je n'avais pas envie.

— Regarde!

J'entendis cette truie dire cela à son Unique Bien-Aimé, doucement, mais avec ferveur (et, sans les regarder, j'étais sûr qu'il s'agissait de l'horizon couleur de lilas). « Regarde » dit-elle d'un ton sincère et noble, avec son organe buccal, et j'entendis aussitôt le « Oui! » d'une voix non moins sincère, de baryton. Et le prêtre? Que faisait-il avec ses pattes? Que se passait-il de ce côté-là?

Arrivés en face de la maison, Fuchs et Loulou firent la course, qui arriverait le premier à la porte?

Nous entrâmes. Bouboule était à la cuisine. Léon surgit de la chambre voisine avec un essuie-mains.

— Preparibus pour mangibus, tout beau tout nouveau tadadi tadada hé mangibus gibus pour le ventribus, et en avant la musique, zic zic zic, en avant le festin, tin-tin, miam miam miam, et am stram gram!

Lucien me redemanda une lame de rasoir — et aussitôt après, Léon me donna un coup de coude, est-ce que je pouvais lui prêter ma montre parce qu'il n'était pas sûr de la sienne. En lui donnant ma montre, je lui demandai si l'exactitude était chose si importante pour lui; il chuchota que cela devait être à une minute près! Lucien revint au bout d'un moment, il voulait maintenant que je lui prête de la ficelle, mais je n'en avais pas. Je pensai : une montre, une lame, une ficelle, l'un demande, l'autre demande, qu'y a-t-il? Quelque chose commencerait-il à se former par-là?... Combien de trames pouvaient se nouer en même temps que la mienne, combien de sens pouvaient mûrir indépendamment du mien, à peine distincts, larvaires, ou déformés, ou voilés? Et qu'en était-il, par exemple, de ce prêtre?

185

La table était déjà à moitié mise, les ténèbres de la maison devenaient beaucoup plus épaisses, la nuit régnait dans l'escalier, mais dans notre chambrette à l'étage, où Fuchs se peignait devant une glace de poche, subsistaient des vestiges de lumière — cependant le noir des forêts couvrant les versants, à quelque deux kilomètres, pénétrait par la fenêtre, hostile. Et les arbres voisins de la maison frémirent, un petit vent se leva.

— Quelle scène, mon vieux!

Fuchs racontait.

— Ils se sont acharnés contre ce couple, tu as vu toi-même, mais tu ne peux pas imaginer ce qui s'est passé pendant la promenade, un scandale, à s'en tenir les côtes, une fois qu'ils s'en prennent à quelqu'un, grand Dieu! mais il faut avouer, quand même, ça ne m'étonne pas... le pire, c'est qu'elle a tant... d'inspiration... tu ne veux pas me tenir la glace... d'ailleurs ça ne m'étonne pas de Louloute, finalement se payer un garçon comme ça avec l'argent de papa, c'est déjà irritant, mais en plus courir après un autre... Pour Léna, c'est un peu empoisonnant, ce sont des invitées en somme, l'une et l'autre sont ses amies, et en plus elle ne sait pas s'en sortir, elle est trop faible, et Lucien, lui, c'est un zéro, un drôle d'homme, qui n'est bon qu'à abattre de la besogne, c'est le fonctionnaire type, comment Léna a-t-elle pu prendre quelqu'un comme lui, c'est étonnant, les gens se choisissent au hasard. Sapristi, trois jeunes couples, laisse-moi rire, c'était difficile qu'il n'y ait pas de rosseries, mais il faut avouer que trop, c'est trop, je ne m'étonne pas que Louloute ait eu envie de se venger... Tu sais, elle l'a prise sur le fait avec Loulou...

— Comment, prise sur le fait?

— Je l'ai vu de mes propres yeux. C'était pendant le déjeuner. Je m'étais baissé pour ramasser les allumettes et j'ai tout vu. Il avait la main sur le genou, et la main de Ginette était juste à côté, sous la table, à un centimètre, et dans une position pas très naturelle. Tu peux deviner le reste.

— Tu as mal vu.

— Pas du tout! Moi j'ai du nez pour ce genre de choses. Et Louloute aussi a dû le remarquer... Je l'ai deviné à sa mine... Alors maintenant elle et Loulou sont tous deux furieux contre Ginette...

Je ne voulais pas discuter, c'était trop pour moi, était-ce possible? Pourquoi pas? Ginette pouvait-elle être ainsi, pourquoi Ginette ne pourrait-elle pas être ainsi? oh, dans ce cas on trouverait sans doute des milliers de raisons pour expliquer qu'elle était justement ainsi... mais pourquoi Fuchs ne se serait-il pas trompé? il avait peut-être mal vu... et peut-être même avait-il inventé, pour des raisons inconnues de moi... j'étais malade, j'étais malade, j'étais malade. Et craignais que les *mains* ne recommencent et ne passent à l'assaut, et cette crainte me poussa à crisper ma propre main. Que de dangers! Lui, cependant, bavardait, changeait de chemise, montrait son visage roux, parlait roux, le ciel sombrait dans le néant, la voix de Léon « la fa-femme pour papa pam-pam-pam ». Je demandai brutalement :

— Et Drozdowski?

Il s'irrita.

— Nom de Dieu! Tu me le rappelles, canaille! Quand je me dis que dans quelques jours j'aurai ce Drozdo en face de moi, sept heures par jour, sept heures avec cet imbécile, cet homme me donne envie

187

de vomir, je ne comprends pas le génie qu'il a de m'énerver... si tu le voyais avancer la jambe... A vomir! Mais quoi, *carpe diem*, rigolibus tant que ça duraille, comme dit Léonibus, l'essentiel c'est que je m'amuse, j'ai raison ou pas?

D'en bas, la voix de Bouboule « à table, s'il vous plaît, pour manger un peu » — une voix sèche. Le mur que j'avais devant moi, du côté de la fenêtre, était orné à sa façon, comme tous les murs... des veines et un gros point rouge, deux écorchures, un éclat, des fibres en mauvais état, il y en avait peu mais il y en avait, cela s'était accumulé au cours des années, et en m'enfonçant dans ce réseau je demandai des nouvelles de Catherette : je serais curieux de savoir ce que fait Catherette là-bas et s'il ne s'est rien passé, qu'en penses-tu? Je restai un moment à écouter ma propre question.

— Que veux-tu qu'il se passe! Tu veux savoir? Eh bien, à mon avis, si nous ne nous étions pas tant ennuyés chez les Wojtys, il ne serait rien arrivé du tout. L'ennui, mon vieux, fait croire encore plus de choses que la peur! Quand tu t'ennuies, Dieu sait ce que tu peux imaginer! Viens...

En bas, c'était sombre, mais surtout étroit, le vestibule était incommode et, de surcroît, il avait fallu disposer la table dans une encoignure à cause de deux bancs encastrés dans le mur et sur lesquels plusieurs personnes étaient en train de s'installer — avec des rires, bien entendu, « on est serré dans le noir, c'est parfait pour la lune de miel », sur quoi Bouboule apporta deux lampes à pétrole qui répandirent une sorte de lumière brumeuse.

Un moment après, quand on eut placé l'une sur une étagère, l'autre sur le placard, elles éclairèrent mieux et leurs rayons obliques rendirent alors énormes, fantastiques, nos corps rangés autour de la table; des nuages d'ombres immenses balayaient le mur en tremblant, la clarté révélait durement des fragments de visages et de bustes, tandis que le reste disparaissait, on se sentait d'autant plus serré, à l'étroit, c'était comme un fourré, oui, dense et de plus en plus dense avec cette extension, ce grossissement des mains, des manches, des cous; on se servait de viande, on se versait de la vodka, et il devenait possible d'imaginer une fantasmagorie avec des hippopotames. Avec des mastodontes. Les lampes rendaient aussi plus denses les ténèbres dehors, et plus sauvages. Je m'assis près de Louloute, Léna était entre Ginettou et Fuchs, assez loin, de l'autre côté. Dans ce fantastique, les têtes se rejoignaient, les mains tendues vers les assiettes projetaient sur le mur des ombres ramifiées qui se mêlaient. On ne manquait pas d'appétit, on prenait du jambon, du veau, du rosbif, la moutarde circulait. Moi aussi j'étais en appétit, mais lui cracher dans la bouche... ce que je mangeais s'emplissait de crachat. Et de miel. Mon appétit était empoisonné. Ginette, extatique, laissait Tony la resservir de salade, et moi je me cassais la tête, comment était-il possible qu'elle fût non seulement telle que je le pensais, mais aussi telle que le disait Fuchs? et ce n'était pas du tout impossible, et elle pouvait être ainsi avec son organe buccal et son extase, car tout est toujours possible et, sur des milliards de raisons éventuelles, il s'en trouvera toujours pour justifier n'importe quelle combinaison. Et le prêtre? Qu'était-ce au juste que ce prêtre qui ne disait rien, qui mangeait machinalement comme s'il s'agissait de nouilles ou de bouillie? Il mangeait maladroitement, sa façon de se nourrir était paysanne, maigre et aplatie comme un ver (mais je ne savais pas, je ne savais rien vraiment, je regardais le plafond), qu'en était-il de ce prêtre, quelque chose se formait-il de ce côté-là? Je mangeais assez bien, mais aussi avec dégoût — c'est moi qui étais dégoûtant, non le veau froid, quel dommage d'avoir sali, par ma corruption... d'avoir tout corrompu... mais cela ne m'inquiétait pas outre mesure, finalement qu'est-ce qui pouvait m'inquiéter, dans le lointain? Léon mangeait lui aussi dans le lointain. Il était assis juste dans le coin, là où se rejoignaient les deux bancs encastrés. Les verres de son binocle, saillants, brillaient comme des gouttes d'eau sous la coupole du crâne, son visage pendait au-dessus de l'assiette, il coupait du pain et du jambon en tout petits morceaux et entamait la procédure : enfoncer la fourchette, porter à la bouche, introduire, goûter, mâcher, avaler, il lui fallait longtemps pour expédier une seule bouchée. Chose singulière, il se taisait, et pour cette raison, peut-être, on parlait peu à table, on consommait. En mangeant, il se calmait. Il se masturbait en mangeant, ce qui était assez lassant, d'autant que l'assouvissement de Ginette auprès du chef d'escadron, quoique différent, n'était pas différent (« on est comme on est »), et derrière sa manducation il y avait encore la manducation du prêtre, rustique et remâcheuse, souillée par on ne savait quoi. Et la « manducation » se rattachait à la « bouche » et malgré tout « les bouches » recommençaient... lui cracher dans la bouche, lui cracher dans la bouche... Je mangeais, et même non sans appétit, et cet appétit témoignait de façon assez horrible que mon crachement m'était devenu familier, mais mon effroi ne m'effrayait pas, il était lointain...

Je mangeais des tranches de veau et de la salade. Vodka.

— Le onze.

— Le onze est un mardi.

— ... serti dans le bas en métal argenté, ça peut aller...

— ... à la Croix-Rouge, mais ils ont dit...

Bouts de conversation. Des paroles diverses, çà et là, « ou bien des noisettes, celles qui sont si salées », « absolument pas, prenez-le et c'est tout », « sur la droite, il avance, il ne le laisse pas passer », « de qui ? » « hier soir »... Le fourré s'épaississait et je pensais qu'il tourbillonnait sans cesse, j'étais dans une nuée qui tournait sur elle-même, où il y avait toujours autre chose au sommet, qui aurait pu se remémorer, saisir, tant et tant de choses depuis le tout début, le lit de fer, mais ce lit sur lequel je l'avais vue, avec ses jambes, semblait s'être égaré, perdu en route, ensuite le bouchon, par exemple, le petit fragment de bouchon dans la salle à manger, ce bouchon avait disparu, ensuite les bruits de coups, ou par exemple la comtesse, le poulet dont Lucien avait parlé, le cendrier à treillis, ou ne fût-ce que l'escalier, oui l'escalier, la petite fenêtre, la chemi-née et la gouttière, mon Dieu, les vieilleries sous le timon et à côté, grand Dieu, la fourchette, le cou-teau et la main, les mains, sa main, ma main, ou le tri-li-li, oh mon Dieu, Fuchs, Fuchs et tout le reste, par exemple le rayon de soleil passant par un trou du store, ou par exemple notre marche dans le pro-longement de la ligne indiquée par le manche, et les tuteurs, ou notre marche sur la route en pleine cha-leur, jadis, mon Dieu, mon Dieu, les fatigues, les odeurs, la tasse de thé... et la façon dont Bouboule disait « ma fille », Dieu ! le trou derrière cette racine, que sais-je, ce savon dans la chambre de Catherette, ce morceau de savon, ou la théière, ses regards fugitifs, timides comme le mimosa, la porte du jardin, les détails de cette porte avec la serrure, le cadenas, Dieu tout-puissant, Dieu miséricordieux, tout ce qu'il y avait sur la fenêtre, dans le lierre, ou lorsque la lumière s'est éteinte dans sa chambre, les branches, je redescends de l'arbre, ou ne serait-ce que le prêtre sur la route et ces lignes imaginaires, ces prolongements, ô Dieu, ô Dieu, l'oiseau qui pend, Fuchs qui enlève ses souliers et qui enquête sur nous dans la salle à manger, bêtement, bêtement, et le départ, la maison avec Catherette, le perron et la porte vus pour la première fois, la chaleur, et le fait que Lucien allait à son bureau, une certaine pierre qui était jaunâtre et la clef de la petite chambre, la grenouille, où était-elle passée, cette grenouille? un morceau de plafond écaillé et les fourmis là-bas, près du deuxième arbre sur le chemin, et le coin où nous nous trouvions, Dieu, Dieu, Dieu, Kyrie eleison, Christe eleison, là-bas, l'arbre, sur cette hauteur, et cet endroit derrière l'armoire, et mon père, mes ennuis avec lui, les fils de fer de la clôture brûlante, Kyrie eleison...

Léon approcha de sa bouche un grain de sel, le mit sur sa langue, tendit la langue...

... « de les écarter parce qu'ils étaient bien obligés »... « les environs de la vallée »... « au deuxième étage, je demande si quelqu'un »... Condensation, épaississement de paroles, comme sur une tapisserie sale... ou sur le plafond...

Il finit de manger et resta le visage fixé à sa coupole crânienne... comme si ce visage était pendu à ce crâne... On ne parlait sans doute que dans la mesure où il se taisait. Son silence créait un vide.

Il pressa sur son doigt un grain de sel pour le faire adhérer et leva ce doigt — il l'examina — il sortit la langue — il toucha de la langue son doigt — il referma la bouche — il savoura.

Ginette chargeait sur sa fourchette des rondelles de concombre. Elle ne disait rien.

Le prêtre, penché, les mains sous la table. Sa soutane.

Léna. Elle était assise, tranquille, et elle entama une série de menues activités : elle arrangea sa serviette, changea un verre de place, épousseta quelque chose, mit un verre devant Fuchs et sourit.

Loulou sauta : « Pan ! »

Bouboule entra, attendit un instant, solide, regarda la table, retourna à la cuisine.

Je note des faits. Ceux-ci et non d'autres. Pourquoi ceux-ci ? Je regarde les murs. Des points, des dartres. Quelque chose se détache, une espèce de figure. Cette figure disparaît, elle a disparu, restent le chaos et une sale surabondance, que se passe-t-il avec ce prêtre, et Fuchs, le miel et Ginette, où donc est Lucien (car Lucien n'était pas là, il n'était pas venu dîner, je pensais qu'il était en train de se raser, je voulais le demander à Léna, je ne le lui demandais pas) et où sont les montagnards qui nous avaient amenés ? Confusion. Que peut-on savoir ? Soudain je me sens frappé, boum ! Là-bas, à l'extérieur, dehors, cette zone avec toutes ses variantes jusqu'aux montagnes et au-delà, la grand-route sinuant dans la nuit, douloureuse, écrasante, pourquoi avais-je étranglé le chat ? Pourquoi avais-je étranglé le chat ?

Léon souleva les paupières, me regarda, pensif, très attentivement et même laborieusement — et prit un verre de vin, le porta à sa bouche.

Ce labeur, cette attention se communiquèrent à moi. Je portai mon verre à ma bouche. Je bus.

Ses sourcils tremblèrent. Moi je baissai les paupières.

— A la santé des célibataires! — Monstre, comment oses-tu, en pleine lune de miel! — Alors à la santé des ex-célibataires! — Servez-le, il faut tuer le ver! — Voyons, Loulou! — Voyons Louloute!

Léon, dont le binocle brillait sous le crâne, tendit le doigt, y colla un grain de sel, l'introduisit dans sa bouche, l'eut dans sa bouche.

Ginette porta son verre à sa bouche.

Le prêtre produisit un son assez étrange, une sorte de glouglou. Il bougea.

Une petite fenêtre... avec un crochet.

Je bus un bon coup.

Ses sourcils tremblèrent.

Je baissai les paupières.

— Monsieur Léon, pourquoi êtes-vous si pensif?

— Léon, à quoi donc pensez-vous?

Les Loulous. Alors Bouboule demanda à son tour:

— Léon, à quoi est-ce que tu penses?

Elle le demanda d'une façon effarante, debout à la porte de la cuisine, mains pendantes, elle n'essayait pas de cacher son angoisse, elle avait demandé cela comme si elle nous avait injecté de l'effroi avec une seringue, et moi je pensais, je pensais, avec la plus grande force, la plus grande profondeur, mais sans la moindre pensée.

Léon commenta, comme en aparté :

— Elle demande à quoi je pense.

Le miel.

Le bout de sa langue apparut dans la fente de ses lèvres minces, roses, cette langue resta entre ces lèvres, langue d'un vieux monsieur à binocle, langue... cracher dans la bouche... dans un chaos et un tourbillon foudroyants la bouche de Léna et celle de Catherette remontèrent au sommet, pendant un moment, je les aperçus tout au sommet, comme on voit des papiers dans le tourbillon d'une cascade... et cela disparut.

J'accrochai ma main au pied de ma chaise pour ne pas être emporté par cette violence. Geste qui venait trop tard. Rhétorique, d'ailleurs. De la blague.

Le prêtre.

Bouboule : rien. Léon. Louloute lui demanda d'un ton plaintif qu'est-ce que c'est, Monsieur Léon, que cette excursion que vous nous proposez? La nuit, dans l'obscurité? Quels paysages pouvons-nous voir?

— On ne voit pas grand-chose dans le noir! jeta Fuchs, impatiemment et sur un ton assez peu courtois.

— Ma femme, dit Léon (c'est lui qui dit cela, et l'oiseau et le bout de bois sont là-bas!), ma femme, ajouta-t-il (Jésus, Marie!), ma femme (mes deux mains s'agrippèrent)... Mais pas d'énervementibus! s'écria-t-il joyeusement. Il n'y a pas de raison de s'énerver... cé! Toutus est O.K., *bitte*, allons, nous sommes assis tranquillement avec l'aide de Dieu, chacun sur son petit derrière, nous mordons dans les fruits de la terre, glou glou glou avec du schnaps et du vinus, et dans une petite heure une petite promenadibus sous mon commandement vers ce ravissement unique où s'ouvre une merveille de panoramus dû, comme je le disais, à la merveilleuse lune qui danse tra-la-la au milieu des monts, des coteaux, des collines, des champs, des vallées, hourra, tradéridéra... comme j'ai pu le voir il y a vingt-sept ans moins un mois et trois petits jours, mes chers messieurs, lorsque, pour la première fois, à cette même heure nocturne, je m'étais enfoncé dans cet endroit unique et j'avais vu...

— Sucer! ajouta-t-il, pâlissant.

Il haleta.

— Il y a des nuages... dit Loulou d'une voix coupante, désagréable. On ne verra rien, c'est nuageux, la nuit sera toute noire, nous ne verrons rien du tout.

— Des nuages... marmonna-t-il. Des nuages... C'est très bien. Jadis aussi... Il y avait quelques nuages. Je me rappelle. Je l'ai remarqué en revenant. Je me rappelle! cria-t-il impatiemment, comme s'il se hâtait, puis il devint aussitôt pensif.

Quant à moi, je pensais aussi... sans trêve, de toutes mes forces. Bouboule, qui était retournée à la cuisine, réapparut sur le seuil.

— Attention, votre manche!

Je sursautai, effrayé, à ces mots de Léon, « votre manche! » « Votre manche! », mais il parlait à Fuchs dont la manche touchait la saucière pleine de mayonnaise. Rien d'important. Paix. Pourquoi Lucien n'est-il pas là, où est-il passé, pourquoi est-elle sans Lucien?

Le moineau.

Le bout de bois.

Le chat.

— Ma femme n'a pas confiance en moi.

Il examina tour à tour trois doigts de sa main droite, en commençant par l'index.

— Mesdames et Messieurs, ma femme voudrait savoir ce que je pense.

Il promena en l'air ces trois doigts et moi j'entrelaçai fortement les doigts de mes deux mains.

— Messieurs et Mesdames, cela me fait un peu, hum... de peine que ma femme, après trente-sept années de vie conjugale immaculée, s'informe si nerveusement de mes pensées.

Le prêtre prit la parole : « Le fromage s'il vous plaît », on le regarda, il répéta « Le fromage s'il vous plaît », Loulou lui donna le fromage, mais au lieu de s'en couper un morceau il dit encore « on pourrait repousser la table un petit peu, nous sommes serrés ».

— On pourrait repousser la table, dit Léon. Qu'est-ce que je disais? Ah oui, je disais que je n'avais pas mérité cela après des années d'existence irréprochable

incorruptible

exemplaire

morale

loyale...

Tant d'années! D'années, de mois, de semaines, de jours, d'heures, de minutes, de secondes... Savez-vous, Messieurs, que j'ai calculé, le crayon à la main, combien j'avais de secondes de vie conjugale en tenant compte des années bissextiles, et ça donnait cent quatorze millions neuf cent douze mille neuf cent quatre-vingt-quatre, ni plus ni moins, à sept heures et demie du soir aujourd'hui. Et depuis huit heures il s'est encore ajouté quelques milliers à ce nombre.

Il se leva et chanta :

Quand on n'a pas ce que l'on aime
Il faut aimer ce que l'on a.

Il s'assit. Il médita.

— Si vous voulez repousser la table... Qu'est-ce que je disais? Ah oui. Tant de secondes sous l'œil de mon épouse et de ma fille, et pourtant, hélas, qui l'eût cru

qui l'eût cru

qui l'eût cru

qui l'eût cru

ma femme semble se méfier de mes propres pensées !

Il médita encore, brisa là. Ces méditations tombaient mal et un violent trouble, ou désordre, ou quelque chose de semblable, se laissait deviner, non pas, peut-être, dans son discours, plutôt dans le tout, dans l'ensemble du tout... encore... encore... et lui, il célébrait. Le moineau. Le bout de bois. Le chat. Il ne s'agit pas de cela. Donc il s'agit de cela. Il ne s'agit pas de cela. Donc il s'agit de cela. Il célébrait un office, comme une litanie, comme s'il voulait dire « regardez avec quel sérieux je m'adonne à l'inattention »...

— Ma femme n'a pas confiance en mes pensées, oui, dites-moi, est-ce que j'ai mérité cela ? Il semble que non, reconnaissons-le, sauf que, à la vérité (repoussez la table, moi aussi ça me gêne, on est mal assis, que voulez-vous), sauf que, à la vérité, il faut avouer, en de telles circonstances justement on ne peut rien savoir, qui peut savoir ce qu'un autre a en tête... Prenons un exemple. Moi, par exemple, époux et père exemplaire, je prends en main, disons, cette coquille d'œuf...

Il prit en main une coquille d'œuf.

— Et je vais ainsi l'avoir entre les doigts... et vais ainsi la tourner... tout doucement... devant tout le monde... c'est innocent

c'est inoffensif

c'est pacifique.

« C'est un petit *passe-temps*, en somme. Oui, mais comment est-ce que je la tourne ? Parce que, finalement, voyez-vous, je peux la tourner innocemment, vertueusement... mais, si j'en ai envie, je peux aussi... hein ? Si ça me fait plaisir, je peux aussi la tourner de façon plus... hum... Hein? Oui, un peu. Bien entendu, c'était seulement un exemple, pour prouver que le plus honorable des époux pourrait éventuellement, sous l'œil de sa moitié, tourner une coquille d'œuf d'une manière... »

Il rougit. Incroyable : il s'empourpra! Inouï! Il s'en rendait compte, il cligna même des yeux, mais il ne le dissimulait pas, au contraire, il exposait sa honte devant tous. Comme un ostensoir.

Il attendit que cette rougeur lui passât. Il continuait à tourner la coquille. A la fin, il ouvrit les yeux et soupira. Il dit :

— Voilà, ce n'est rien.

Il y eut une détente... pourtant leur groupe compact, dans notre coin, avec les lanternes, restait craintif... mais un peu alourdi aussi... Ils l'observaient, ils pensaient certainement qu'il était un peu fou... En tout cas, personne n'ouvrit la bouche.

Du dehors, de derrière la maison, vint un bruit sec, comme si quelque chose tombait... quoi? C'était un son à part, surajouté, qui m'absorba, sur lequel je réfléchis longtemps, profondément — mais je ne savais que penser, ni comment.

— Berg.

Il avait dit cela avec calme et de façon très gentille, appliquée.

Moi, je dis, non moins gentiment et clairement :
— Berg.

Il me regarda un très court instant, baissa les paupières. Nous restions ainsi, en silence, écoutant les échos du mot « berg »... comme s'il s'agissait d'un reptile souterrain, un de ceux qui n'apparaissent jamais en pleine lumière... et qui se trouvait maintenant ici, devant nous tous. Ils regardaient, je suppose... Soudain il me parut que tout se mettait en mouvement, comme une inondation, une avalanche, une armée en marche, qu'il y avait eu un coup décisif, une poussée dans la direction voulue! Pan! Marche! En avant! Allons-y! S'il avait été seul à dire « berg », cela n'aurait rien donné. Mais moi j'avais dit « berg ». Et mon berg, en s'unissant au sien, dépouillait ce berg de son caractère confidentiel et privé. Ce n'était plus la parole personnelle d'un extravagant. C'était désormais quelque chose de véritable... quelque chose qui existait! Devant nous, ici-même! Et aussitôt, vigoureusement, cela dominait sur, poussait vers, surmontait...

J'aperçus un moment le moineau, le bout de bois, le chat, en même temps que les bouches... comme des déchets dans le bouillonnement d'une cascade... perdus. Je m'attendais à ce que tout se mît en marche dans le sens du berg. J'étais un officier du Grand Quartier Général. Un enfant de chœur servant la messe. Un acolyte, un exécutant discipliné et dévoué. En avant! Allons-y! Marchons!

Mais Louloute s'écria :

— Bravo, Monsieur Léon!

J'étais sûr qu'elle s'était exclamée ainsi pour la simple raison qu'elle avait peur, qu'elle ne pouvait supporter de collaborer avec lui. Tout se dissipa soudain, fiasco, il y avait un petit rire, on se mit à parler et Léon rit bruyamment ho-ho-ho-ho, où est la bonbonne, bobonne, chacun sa petite gougoutte, poutt poutt poutt poutt! Quelle déception, quelle amertume, de voir qu'après un instant si solennel où les événements prenaient leur élan avant de se précipiter, le déclin se manifestait, le relâchement, c'était de nouveau un bourdonnement, un essaim, à moi aussi un peu de vodka, vous ne buvez pas, une larme de cognac, le prêtre, Ginou, Tony, Lou-

lou, Louloute, Fuchs et Léna avec sa petite bouche
fraîche, joliment dessinée, un groupe en balade.
Tout s'était écroulé. Plus rien. Tout redevenait un
mur sale. Le chaos.

Le moineau.

Le bout de bois.

Le chat.

Je me souvins d'eux parce que j'étais en train de
les oublier. Ils revinrent à moi parce qu'ils s'éloi-
gnaient. Ils disparaissaient. Oui, je devais chercher
en moi le moineau et le bout de bois et le chat, en
voie de disparition, les y chercher et les y maintenir.
Et je devais faire des efforts pour retourner par la
pensée là-bas, vers le fourré, de l'autre côté de la
route, vers le mur.

Le prêtre se leva péniblement de son banc en
marmonnant des excuses, se glissa le long de la
table, sa soutane traînait. Il ouvrit la porte. Il sortit
sur le perron.

Moi, sans berg, je me trouvais tout bête. Je ne
savais plus... Je me dis que j'allais sortir aussi. Res-
pirer l'air frais.

Je me levai. Je fis quelques pas jusqu'à la porte.
Je sortis.

Sur le perron, la fraîcheur. La lune. Un nuage
qui grossissait, lumineux et lourd ; plus bas, beaucoup plus sombre, une fontaine de montagnes pétri-
fiées. Et autour de moi, féerie, des prés, tapis
d'arbres et de fleurs, festins, cortèges, comme en un
parc avec jeux et chœurs, le tout immergé, tout au
fond de la pénombre lunaire.

Tout près de l'escalier, le prêtre se tenait appuyé
à la balustrade.

Immobile, il faisait quelque chose d'étrange avec
sa bouche.

X

Il me sera difficile de raconter la suite de cette histoire. D'ailleurs je ne sais pas si c'est bien une histoire. On hésite à appeler « histoire » une telle... accumulation et dissolution... continuelle... d'éléments...

Quand, arrivé sur le perron, je vis le prêtre faire quelque chose d'étrange avec sa bouche, je fus sidéré. Quoi? Quoi? Je n'aurais pas été moins sidéré si l'écorce terrestre avait craqué et si les larves souterraines avaient émergé. Réellement! Moi seul connaissais le secret des bouches. Nul autre que moi n'était introduit dans l'aventure secrète de la bouche de Léna. Il n'avait pas le droit, lui, d'être au courant! C'était à moi! De quel droit fourrait-il dans ce secret sa propre bouche?

Je compris qu'il était en train de vomir. Il vomissait. Son vomissement malheureux et laid allait de soi. Il avait trop bu.

Bon, ce n'était rien!

Il m'aperçut et eut un sourire honteux. Je voulais lui dire d'aller se coucher et dormir, quand une autre personne sortit sur le perron.

Ginette. Elle passa près de moi, fit quelques pas

dans la prairie, s'arrêta, porta la main à la bouche et je vis, au clair de lune, sa bouche en train de vomir. Elle vomissait.

Elle vomissait. Sa bouche, vue ainsi par moi, était justifiée par ce vomissement — c'est pourquoi je la regardais —, si le prêtre vomissait, pourquoi donc n'en aurait-elle pas fait autant? Oui? D'accord. Bien. Mais, mais, mais, si le prêtre vomissait, elle n'aurait pas dû vomir! Et sa bouche, après la bouche du prêtre... comme la pendaison du bout de bois donnant un sens à la pendaison du moineau... comme la pendaison du chat à celle du bout de bois... comme les objets enfoncés menant aux coups frappés... comme j'avais renforcé le berg par mon berg.

Pourquoi leurs bouches en train de vomir s'en prenaient-elles à moi? Que savaient ces bouches de la bouche que je cachais en moi? D'où venait ce monstre buccal? Le mieux était sans doute... de partir. Je partis. Non en direction de la maison, je m'éloignai dans la prairie, j'en avais assez, la nuit était empoisonnée par une lune flottante, morte, la cime des arbres se dressait, auréolée : innombrables groupes, colloques, cortèges, murmures et jeux — une nuit réellement enivrante. Ne pas revenir, ne pas revenir, j'aurais voulu ne pas rentrer du tout, monter peut-être dans la charrette, fouetter les chevaux, partir pour toujours... Mais non... Nuit splendide. Malgré tout, je ne m'amuse pas mal. Nuit magnifique. Pourtant il était impossible de prolonger, j'étais vraiment malade. Nuit magnifique. Malade, malade, mais pas tellement. La maison disparut derrière une colline, je marchais sur le gazon qui, aux approches du ruisseau, était très doux, mais cet arbre, qu'est-ce que c'est que cet arbre, qu'y a-t-il de spécial dans cet arbre?

Je m'arrêtai. Il y avait un bouquet d'arbres et l'un de ces arbres n'était pas comme les autres, ou plutôt si, il était comme les autres, mais il devait avoir quelque chose qui avait attiré mon attention. On le discernait mal dans ce groupe où les autres arbres le cachaient, mais j'étais surpris par sa densité, ou sa charge, son poids; je le dépassai avec l'impression de dépasser un arbre « trop lourd », terriblement « lourd »... Je m'arrêtai. Je revins en arrière.

Et je pénétrai dans ce bosquet, sûr déjà qu'il y avait quelque chose. Quelques bouleaux dispersés, puis, juste après, une accumulation de pins, plus dense, plus sombre. Je gardais nettement l'impression d'avancer vers un « poids » écrasant.

Je regardai à la ronde.

Un soulier.

Une jambe pendait à un pin. Je me dis « une jambe », mais sans en être sûr... Une seconde jambe. C'était un homme... pendu... Je regardai mieux, un homme... les jambes, les souliers, plus haut apparaissait une tête, de travers, le reste se confondait avec le tronc, avec l'obscurité des branches...

Je promenai les yeux à la ronde, rien, le silence, la paix, j'examinai de nouveau. Un homme qui pendait. Ce soulier jaune m'était connu, il me rappelait les chaussures de Lucien. J'écartai les branches, je vis le veston de Lucien, le visage. Lucien.

Lucien.

Lucien, pendu par une ceinture. Par la ceinture de son pantalon.

Lucien? Lucien. Il pendait. J'essayai de l'admettre... Il pendait. J'essayai encore de l'admettre. S'il pendait, il devait y avoir des raisons et je me mis à chercher, à combiner lentement : pendu, qui l'a pendu, ou alors c'est lui qui s'est pendu, quand, je l'ai vu juste avant le dîner, il m'avait demandé une lame de rasoir, il était calme, pendant la promenade il était comme d'habitude... et pourtant il était pendu... pourtant c'était arrivé... il pendait... et cela avait dû arriver ainsi, certaines causes y avaient contribué, mais moi je ne pouvais pas les découvrir, rien, rien, et pourtant le fleuve qui emporte toutes choses avait dû être troublé par un tourbillon dont je ne savais rien, visiblement un barrage s'était constitué, il y avait eu des liaisons, des corrélations... Lucien! Pourquoi Lucien? On aurait mieux compris Léon, le prêtre, ou Ginette, voire Léna — mais Lucien! Et pourtant ce FAIT pendait là, le fait de Lucien pendu, un fait brutal, capital, agressif, comme un taureau abruti, un fait énorme, accroché à un pin, avec ses souliers...

Un jour le dentiste devait m'arracher une dent, mais il ne pouvait la saisir avec sa pince, qui glissait je ne sais pourquoi... et c'était la même chose avec ce fait qui pendait lourdement, inaccessible, insaisissable, je me sentais impuissant; certes si cela s'était produit, cela devait se produire... je regardai attentivement de tous les côtés. Je m'apaisai. Sans doute parce que j'avais compris...

Lucien.

Le moineau.

Mais oui, je regardais ce pendu exactement comme j'avais, à ce moment-là, regardé le moineau.

Et pan-pan-pan-pan! Un, deux, trois, quatre! Le moineau pendu, le bout de bois qui pendait, le chat étouffé et pendu, Lucien pendu. Quelle harmonie! Quelle cohérence! Ce cadavre idiot devenait un cadavre logique — seulement cette logique était lourde, pénible... et elle m'était trop... personnelle... spéciale... privée.

Je n'avais plus rien d'autre à faire que de penser. Je pensai. Je m'efforçai de transformer cela, malgré tout, en une histoire lisible, et (pensai-je) n'était-ce pas lui qui avait pendu le moineau? C'est lui qui avait dessiné les flèches, qui avait suspendu le bout de bois, qui s'était livré à ces mauvaises plaisanteries... une sorte de manie, la manie de pendre, qui l'avait conduit à se pendre lui-même ici... un maniaque! Je me rappelais ce que Léon m'avait dit quand nous étions assis sur un tronc d'arbre, sans doute avec sincérité : que lui, Léon, n'avait rien à voir avec cela. Donc c'était Lucien? Une manie, une obsession, une folie...

Ou bien, autre possibilité, également dans la ligne de la logique : il avait succombé à un chantage, à une vengeance peut-être, quelqu'un le persécutait, l'environnait de ces signes, lui suggérait la pendaison... mais alors qui? Quelqu'un de la maison? Bouboule? Léon? Léna? Catherette?

Encore une possibilité, non moins « normale » : peut-être ne s'était-il pas pendu? On l'avait assassiné? On l'avait peut-être étranglé, puis pendu ensuite? Ce quelqu'un qui s'amusait à pendre des broutilles, ce maniaque, ce dément, avait désiré à la fin pendre quelque chose de plus lourd qu'un bout de bois... Qui était-ce? Léon? Catherette? Mais Catherette était restée là-bas... Et alors? Elle *pouvait* être venue en cachette, pour mille raisons, de mille façons, pourquoi pas, cela avait très bien pu arriver, les possibilités d'association, de combinaison, étaient innombrables... Et Fuchs? Fuchs ne *pouvait-il* avoir cédé à la contagion de la pendaison et... et... Oui, il le pouvait. Mais il avait été avec nous tout le temps. Et alors? S'il se révélait que c'était lui, on trouverait aussitôt une lacune dans son emploi du temps, on peut tout trouver dans le chaudron sans fond des événements qui se créent! Et le prêtre? Des millions et des millions de fils *pouvaient* relier ses gros doigts à ce pendu...

Possible... Et les montagnards? Où étaient les montagnards qui nous avaient amenés? Je souris au clair de lune, adouci par la pensée que l'esprit est impuissant devant la réalité qui déborde, qui détruit, qui enveloppe... Il n'existe pas de combinaisons impossibles... N'importe quelle combinaison est possible...

Oui... Mais les liens étaient minces... minces... et ici le pendu pendait, brutal cadavre! Et sa brutalité pendante, pan-pan-pan-pan, se reliait harmonieusement au pan-pan-pan-pan du moineau, du bout de bois et du chat, c'était comme a-b-c-d, comme un-deux-trois-quatre! Quelle cohérence! Quelle ardente logique, mais souterraine! Une évidence qui sautait aux yeux — mais souterraine.

Et cette logique souterraine qui, pan-pan-pan-pan, sautait aux yeux, se dissolvait dans l'insignifiance, comme dans un brouillard (pensai-je) dès qu'on voulait l'appréhender dans les cadres de la logique ordinaire. Que de fois nous en avions discuté ensemble, Fuchs et moi! Pouvait-on parler d'un lien logique entre le moineau et le bout de bois, réunis par cette flèche à peine visible au plafond de notre chambre — si indistincte que nous ne l'avions découverte que par hasard — si indistincte que nous avions dû, à vrai dire, la compléter, achever de la dessiner en imagination? Découvrir cette flèche, arriver au bout de bois, c'était vraiment comme trouver une aiguille dans une botte de foin! Qui (Lucien ou un autre?) avait pu fabriquer consciemment un réseau de signes si maigres?

Et quel était le rapport du moineau et du bout de bois avec le chat, si le chat avait été pendu *par moi?* Pan-pan-pan, le moineau, le bout de bois et le chat, trois pendaisons? Oui, trois, mais la troisième ne venait que de moi, c'est moi qui avais inventé la troisième rime.

Chimère. Fantaisie. Oui! mais le pendu pendait, pan-pan-pan-pan, a-b-c-d, un-deux-trois-quatre! Je voulais m'en approcher et le toucher, peut-être, mais j'eus un léger recul. Ce menu mouvement m'effraya comme s'il avait été indésirable et inconvenant de bouger en présence d'un cadavre. L'horreur de ma situation — car elle était horrible — provenait de ce que j'étais en face de lui exactement comme en face du moineau. Buissons ici et buissons là. Un pendu et un pendu. Je regardai alentour. Quel spectacle! Les montagnes se jetaient, aveugles, dans l'étendue céleste où naviguaient des centaures, des cygnes, des navires, des lions aux crinières brillantes, en bas une Schéhérazade de prés et de bosquets enveloppés d'une blancheur tremblante, ah, la lune, globe mort, brillant d'un éclat emprunté — et cette lueur nocturne, secondaire, affaiblie, contaminait et empoisonnait comme une maladie. Et les constellations, invraisemblables, artificielles, inventées, obsessions d'un ciel lumineux!

Mais le cadavre essentiel n'était pas celui de la lune, c'était celui de Lucien — accroché à un arbre, comme le corps du chat était accroché à un mur! Pan-pan-pan-pan-pan... (c'était renforcé par le rythme lointain de la nuit où les enfoncements

d'aiguilles avaient abouti à des coups de marteau).
Je remuai comme pour partir, mais ce n'était pas
si facile! Ce n'était pas encore le moment...

Que faire? Le plus sage était... de faire comme si
je n'avais rien vu, de laisser l'affaire suivre son
cours... Pourquoi devais-je m'en mêler? Je réfléchissais là-dessus quand les bouches se manifestèrent. Les bouches se manifestèrent à moi, vaguement, la bouche de Léon en train de mastiquer, les
bouches en train de vomir, Catherette, Léna, toutes
ces bouches. Sans trop d'insistance, en passant.
Mais elles m'assaillirent. Je remuai la bouche.

Je remuai la bouche comme pour me défendre.
Mais je pensai avec colère quelque chose d'indistinct, dans le genre de « ne remue pas la bouche...
ici... » En effet, à quoi bon remuer la bouche près
de ce cadavre, remuer près d'un cadavre n'est pas
la même chose que remuer ailleurs. Effrayé, je
pensai que j'allais partir.

Quand j'eus pensé que j'allais partir, il se produisit ce que je redoutais depuis une minute : je
pensai que j'aimerais regarder le cadavre dans la
bouche. Je ne craignais peut-être pas exactement
cette pensée, mais je devinais plus ou moins... que
mon désir de quitter ce cadavre devait entraîner
mon désir de le provoquer.

C'est ce que je redoutais, et par conséquent cela
ne vint que plus fort... naturellement...

Seulement ce ne serait pas si facile : écarter les
branches, tourner le visage vers la lune, le regarder... Je me demandais même si je pouvais le regarder sans grimper à l'arbre. Compliqué. Mieux valait
ne pas le toucher.

Je le touchai, je tournai sa tête, je regardai.

Les lèvres paraissaient noircies, celle du haut

était très relevée, on voyait les dents : trou, cavité. Depuis longtemps, bien entendu, j'examinais la possibilité, l'hypothèse, qu'un jour je devrais... ou me pendre... ou la pendre, elle. La pendaison se présentait à moi de bien des côtés et il y avait à ce sujet d'autres combinaisons... souvent maladroites... N'avais-je pas déjà pendu le chat? Mais un chat n'est qu'un chat. Tandis qu'ici, pour la première fois, je regardais la mort humaine droit dans la bouche. Dans une cavité buccale humaine... et suspendue...

Partir. Laisser.

Partir. Laisser les choses en l'état. Ce n'était pas mon affaire, je n'avais rien de commun avec ça : je n'étais nullement obligé de savoir comment cela s'était passé; on prend un peu de sable dans le creux de la main et l'on se perd aussitôt sans espoir dans une masse inconcevable, insaisissable, indescriptible, inépuisable... Comment aurais-je pu découvrir tous les liens... peut-être s'était-il pendu, par exemple, parce que Léna couchait avec Léon... Que pouvait-on savoir, on ne pouvait rien savoir, on ne savait rien... J'allais partir et tout laisser. Mais je ne bougeai pas et je pensai même à peu près ceci : « Quel dommage que je lui aie regardé la bouche, maintenant je ne pourrai plus partir. »

Cette pensée m'étonna dans la nuit claire... mais elle n'était pas sans fondement : si je m'étais conduit normalement avec ce cadavre, j'aurais pu partir; mais je ne le pouvais guère après ce que j'avais fait avec ma bouche et avec la sienne. Ou plutôt si, je pouvais partir, mais je ne pouvais plus dire que je n'étais pas mêlé à cela... personnellement...

Je réfléchis et méditai très profondément, longuement, mais sans une seule pensée, et alors je commençai à avoir peur, vraiment peur, moi avec ce cadavre, ce cadavre et moi, moi et ce cadavre, je ne pouvais m'en dégager après avoir regardé sa bouche...

Je tendis la main. J'introduisis mon doigt dans sa bouche.

Ce ne fut pas si facile, les mâchoires étaient déjà contractées, mais elles se relâchèrent — j'introduisis le doigt, je rencontrai une langue inconnue, étrange, et un palais, qui me parut froid et très bas comme la voûte d'une cellule, je retirai le doigt...

Je m'essuyai le doigt à mon mouchoir.

Je regardai à la ronde. Personne n'avait vu ? Personne. Je remis le pendu dans sa position antérieure, je le cachai avec des branches, dans la mesure du possible, j'effaçai mes traces dans l'herbe, vite, vite, la peur, les nerfs, la peur, fuir, je me frayai un passage à travers le bosquet et, n'apercevant rien d'autre que le tremblement lunaire, je commençai à m'éloigner, de plus en plus vite, plus vite, plus vite ! Mais je ne courais pas. Je marchais vers la maison. Je ralentis. Qu'allais-je leur dire ? Comment leur dire ? Maintenant cela devenait difficile. Je ne l'avais pas pendu. Je ne l'avais pas pendu, mais, après mon doigt dans sa bouche, ce pendu était aussi le mien...

Et une profonde satisfaction de voir qu'enfin « la bouche » s'était unie à « la pendaison ». C'est moi qui les avais unies ! Enfin. Comme si j'avais rempli ma tâche.

Et maintenant, il allait falloir pendre Léna.

L'étonnement ne me quittait pas, j'étais sincèrement étonné, car cette idée de pendre n'avait été jusqu'alors en moi que théorique, gratuite, et après

212

mon doigt dans la bouche elle n'avait pas changé de caractère, elle restait excentrique... purement rhétorique... Pourtant, tout cédait à la force avec laquelle cet immense pendu pénétrait en moi comme je pénétrais en lui. Le moineau pendait. Le bout de bois pendait. Le chat pendait (avant d'être enterré). Lucien pendait. Pendre. Moi, j'étais la pendaison. Je m'arrêtai même à la pensée que chacun veut être lui-même, donc moi aussi je voulais être moi-même; par exemple, qui aimerait la syphilis? Bien entendu personne, et pourtant même le syphilitique veut être lui-même, veut être syphilitique; c'est facile de dire « je veux guérir » mais cela sonne faux, comme si l'on disait « je ne veux pas être celui que je suis ».

Le moineau.

Le bout de bois.

Le chat.

Lucien.

Et maintenant il va falloir pendre Léna.

La bouche de Léna.

La bouche de Catherette.

(Les bouches du prêtre et de Ginette, en train de vomir.)

La bouche de Lucien.

Et maintenant il va falloir pendre Léna.

Étrange. D'un côté, tout cela était futile, insignifiant, invraisemblable même, ici, dans le lointain, derrière les montagnes, derrière les forêts, au clair de lune. Et d'un autre côté, la tension de la pendaison et la tension des bouches devaient... Tant pis. Il le fallait.

Je marchais, les mains dans les poches.

J'étais sur une hauteur surplombant la maison. Des voix, des chants... J'aperçus, à un kilomètre environ, sur la colline d'en face, des lanternes. C'étaient eux. Ils allaient sous la conduite de Léon en s'encourageant par des refrains et des plaisanteries. Léna était là.

De la hauteur où je me trouvais, le paysage s'étendait devant moi et frissonnait, comme chloroformé. L'apparition subite de Léna au beau milieu me faisait juste le même effet que si, parti pour la chasse avec une carabine, j'avais aperçu de loin un lièvre. Je dus même en rire. J'allai à leur rencontre à travers champs. Le moineau pend et moi j'avance. Le bout de bois pend et moi j'avance. Le chat, je l'ai pendu et j'avance. Lucien pend et j'avance.

Je les rejoignis au moment où ils quittaient le chemin peu visible pour descendre dans les fourrés. Il y avait par là beaucoup de buissons et de cailloux pointus. Ils progressaient prudemment, Léon les guidait, une lanterne à la main. Ils s'exclamaient, ils se taquinaient. « Conduis-nous, guide! » « On descend au lieu de monter? » « Une belle vue quand on est tout en bas? » « Je veux m'asseoir : je ne vais pas plus loin. »

— Tout doucementus, patiencibus, concontinuons, qu'est-ce que c'est que ça, c'est tout près, ohé! Tout de suite... illico-presto-subito, allons venez, ce sera vite fait! Mes respects!

Je les suivais. Ils ne m'avaient pas remarqué. Elle marchait un peu à l'écart et il n'aurait pas été difficile de s'approcher d'elle. Je me serais approché, bien entendu, en tant qu'étrangleur et pendeur. Il n'aurait pas été difficile de la prendre à part (car nous étions amoureux l'un de l'autre, elle aussi m'aimait, qui pouvait en douter? si moi je voulais la tuer, c'est qu'elle, elle devait m'aimer), et alors il serait possible et de l'étrangler et de la pendre. Je commençais à comprendre ce qui se passe quand on est assassin. On assassine quand le meurtre devient aisé, quand on n'a rien de mieux à faire : les autres possibilités sont simplement épuisées. Le moineau pend, le bout de bois pend, Lucien pend, moi je la pends comme j'ai pendu le chat. Je pourrais, bien entendu, ne pas la pendre, mais... causer une telle déception? Un tel contretemps? Après tant d'efforts et de combinaisons, la pendaison s'était pleinement révélée à moi et je l'avais unie à la bouche — et j'aurais dû lâcher, renoncer à pendre?

Exclu.

Je les suivais. Ils jouaient avec leurs lanternes. Au cinéma, on voit parfois, dans une séquence comique, un chasseur qui avance avec prudence, prêt à tirer, tandis que juste derrière marche, le suivant pas à pas, un terrible fauve, un ours énorme, un gorille géant. C'était le prêtre. Il marchait juste derrière moi, un peu de côté, visiblement il restait à la traîne sans savoir où il allait ni pourquoi, peut-être avait-il eu peur de rester tout seul à la maison. Au début, je ne l'avais pas remarqué, il s'était fourré là je ne sais comment, avec ses gros doigts paysans qui remuaient. Avec sa soutane. Le ciel et l'enfer. Le péché. La Sainte Église Catholique notre mère. Le froid du confessionnal. Le péché. *In sæcula sæculorum*. L'Église. Le froid du confessionnal. L'Église et le Pape. Le péché. La damnation. La soutane. Le ciel et l'enfer. *Ite missa est*. Le péché. La vertu. Le froid du confessionnal. *Sequentia sancti...* L'Église. L'enfer. La soutane. Le péché... Le froid du confessionnal.

Je le poussai fortement et il chancela.

Juste en le poussant, je m'effrayai : qu'est-ce qui me prend? Quelle folie! Il va crier!

Eh bien non. Ma main rencontra une telle passivité malheureuse que je me calmai sur-le-champ. Il s'était arrêté et ne me regardait pas. Nous restâmes ainsi. Je voyais bien son visage. Et sa bouche. Je levai la main, voulant lui introduire un doigt dans la bouche. Mais il avait les lèvres serrées. Je lui pris le menton de la main gauche, j'ouvris la bouche, j'introduisis le doigt.

Je retirai mon doigt et l'essuyai à mon mouchoir.

Il fallait maintenant marcher plus vite pour rattraper les autres. Cela m'avait fait du bien d'introduire mon doigt dans la bouche de ce prêtre, c'est tout de même autre chose (pensais-je) de faire cela à un cadavre qu'à un vivant, et c'était comme si j'avais introduit mes chimères dans le monde réel. Je me sentis plus alerte. Je me rappelai qu'avec tout cela j'avais oublié pour un moment le moineau, etc., donc je repris conscience du fait que là-bas, à quelque trente kilomètres, il y avait le moineau — et le bout de bois — et le chat. Et aussi Catherette.

— Mesdames et Messieurs, honorables promeneuribus, ici, halte! halte! Un peu de reposus.

Il se tenait sous une grosse roche en surplomb au-dessus d'un vallon couvert d'une épaisse végétation. Devant cette roche, une petite clairière, ce devait être un lieu fréquenté, je crus discerner des traces de roues... Un peu de broussaille, de l'herbe. « Loulou, je ne veux pas rester ici, il a choisi un drôle d'endroit! » « Mon colonel, il n'y a même pas de place pour s'asseoir » « Cher président, sur la terre nue? »

— Bon, bon! (La voix de Léon était plaintive.) Mais c'est que papa a perdu un bouton de manchette. Un bouton de manchette, sapristi! Quelqu'un a une lanterne?

Le moineau.

Le bout de bois.

Le chat.

Lucien.

Le prêtre.

Léon, courbé, cherchait le bouton de manchette, Loulou l'éclairait, je me rappelai la chambre de Catherette et la façon dont Fuchs et moi nous l'avions inspectée avec une lanterne. Comme c'était loin! Cette petite chambre, là-bas...

Et Catherette. Il continuait à chercher et prit finalement la lanterne des mains de Loulou, mais bien vite la lumière, au lieu d'éclairer le sol, se mit à voleter sur la roche et alentour, tout à fait comme elle avait voleté quand Fuchs et moi nous examinions les murs de la pièce. Cherchait-il un bouton de manchette? Peut-être pas, peut-être étions-nous arrivés à l'endroit voulu, à cet endroit où, vingt-sept ans plus tôt... Mais il n'en était pas sûr. Il ne pouvait pas bien reconnaître. De nouveaux arbres avaient poussé depuis lors, le sol s'était affaissé, la roche avait pu changer de position, il cherchait de plus en plus fiévreusement, avec sa lanterne, tout comme nous deux naguère. En le voyant ainsi, incertain, perdu, presque noyé, je ne pus m'empêcher de me rappeler comment Fuchs et moi nous nous étions perdus dans les plafonds, les murs, les plates-bandes. C'était le passé! Tous attendaient. Personne ne parlait, peut-être parce qu'on était curieux de savoir enfin quelle anguille il y avait sous roche. Je voyais Léna. Elle était délicate, en dentelle, bouche, moineau, chat, Catherette, Lucien et le prêtre.

Il ne pouvait pas s'en tirer. Il s'était perdu. Il

observait maintenant la base du rocher. Silence.

Il se redressa.

— C'est ici.

Louloute gazouilla : « Qu'est-ce qu'il y a ici, Monsieur Léon, qu'est-ce qu'il y a, ici? » Avec empressement.

Il se tenait là, modeste, tranquille.

— Quelle coïncidence... Un hasard, chers amis, vraiment unique en son genre! Je cherche mon bouton de manchette et je m'aperçois que ce rocher... Je suis déjà venu ici... C'est ici que moi, il y a vingt-sept ans... C'est ici!

Il devint soudain pensif, comme sur commande, et cela se prolongea. La lanterne s'éteignit. Cela se prolongeait, se prolongeait. Nul n'intervenait et c'est seulement au bout de plusieurs minutes que Louloute parla, doucement, avec sollicitude : « Qu'est-ce qui vous arrive, Monsieur Léon? » Il répondit : « Rien. »

Je remarquai que Bouboule était absente. Elle était restée à la maison? Alors c'était peut-être elle qui avait pendu Lucien? Absurde. Il s'est pendu lui-même. Pourquoi? Personne ne sait encore. Que se passera-t-il quand ils apprendront!

Le moineau.

Le bout de bois.

Le chat.

Lucien.

C'était très difficile, laborieux, de prendre conscience que les choses d'ici et de maintenant se référaient à celles de jadis et de là-bas, à trente kilomètres. Et j'étais furieux de voir que Léon jouait les premiers violons et que tous (moi inclus) étaient devenus ses... spectateurs... nous étions ici pour le regarder...

218

Il murmura de manière indistincte :

— Ici. Avec une...

Encore plusieurs minutes muettes, tranquilles, ces longues minutes louches avaient leur éloquence, car si nul ne parlait, cela signifiait que nous étions ici à seule fin qu'il puisse, en notre présence, se satisfaire... « On est comme on est »... Nous attendions qu'il ait fini. Le temps s'écoulait.

Inopinément, il éclaira de sa lanterne son propre visage. Le binocle, la calvitie, la bouche, le tout. Les yeux fermés. Lubrique. Martyr. Il déclara :

— Il n'y a rien d'autre à voir.

Il éteignit. L'obscurité me surprit, il faisait plus sombre qu'on n'aurait pu le supposer, peut-être les nuages passaient-ils déjà au-dessus de nous. Il était presque invisible sous le roc. Que faisait-il ? Il devait se livrer à je ne sais quelles saletés, il s'excitait, il évoquait le souvenir de la garce bien-aimée, il s'évertuait, il travaillait, il célébrait sa propre cochonnerie. Mais... et s'il n'était pas sûr que ce fût bien ici ? S'il célébrait un peu au hasard ?

Je m'étonnai de voir que personne ne partait. Pourtant ils avaient bien dû comprendre pourquoi il les avait amenés ici : pour qu'ils assistent, pour qu'ils regardent, pour qu'ils l'excitent par leur regard. C'était si facile de partir. Mais personne ne partait. Léna, par exemple, aurait pu partir et elle ne partait pas. Elle ne bougeait pas. Il se mit à haleter. Il haletait en cadence. Nul ne pouvait voir ce qu'il faisait ni comment. Mais ils ne partaient pas. Il gémit. Ce gémissement était luxurieux mais aussi, à vrai dire, laborieux, pour augmenter la luxure. Il gémit et il glapit. Un glapissement étouffé, guttural. Comme il travaillait, comme il s'évertuait, comme il se salissait, comme il fêtait et célébrait... Il travaillait. Il s'évertuait. Il haletait. Il glapissait. Il s'évertue. Il travaille. Nous attendions. Il dit alors :

— Berg.

Je répondis :

— Berg.

— Bemberguement du bemberg dans le berg! s'écria-t-il, sur quoi je m'écriai :

— Bemberguement du bemberg dans le berg!

Il se calma complètement et l'on n'entendit plus rien, moi je pensai le moineau Léna le bout de bois Léna le chat la bouche le miel la lèvre déviée le mur la motte la raie le doigt Lucien les buissons il pend ils pendent la bouche Léna ici là-bas la théière le chat la clôture le bout de bois la route Lucien le prêtre le mur le chat le bout de bois le moineau le chat Lucien il pend le bout de bois il pend le moineau il pend Lucien le chat je vais pendre.

. . . .

La pluie. De grosses gouttes espacées, nous levons la tête, averse, l'eau tombe avec violence, le vent se lève, panique, chacun court s'abriter sous l'arbre le plus proche, mais les gros pins laissent passer la pluie, ils ruissellent, ça coule, l'eau, l'eau, l'eau, les cheveux mouillés, et aussi les épaules, et les cuisses, et juste en face de nous, dans l'obscurité que troue seulement la lueur désespérée des lanternes, un mur vertical d'eau qui se précipite, et alors, à la lumière de ces lanternes, on voit la pluie tomber, couler, des ruisseaux, des cascades, des lacs, cela jaillit, ruisselle, des étangs, des mers, des courants d'eau qui glouglloute et un brin de paille, un bout de bois, une feuille sont emportés par le flot et disparaissent, des torrents se réunissent, des rivières se forment, îles, barrages, obstacles et méandres, et partout et de partout le déluge, ça coule, ça coule, et dans le bas une feuille est emportée, un morceau d'écorce disparaît. En conclusion, frissons, rhume, fièvre, et Léna eut une angine, il fallut faire venir un taxi de Zakopane, la maladie, les docteurs, bref tout changeait, je suis rentré à Varsovie, mes parents, toujours la guerre avec mon père, et d'autres affaires, problèmes, difficultés, complications. Aujourd'hui, à déjeuner, on a mangé de la poule au riz.

DU MÊME AUTEUR

FERDYDURKE
TRANSATLANTIQUE
LA PORNOGRAPHIE
COSMOS
BAKAKAI
LE MARIAGE
YVONNE, PRINCESSE DE BOURGOGNE
JOURNAL 1953 1956
OPÉRETTE

Impression Brodard et Taupin
à La Flèche (Sarthe),
le 2 octobre 1989.
Dépôt légal : octobre 1989.
Numéro d'imprimeur : 6366B-5.

ISBN 2-07-036400-3 / Imprimé en France.
(Précédemment publié aux Éditions Denoël.
ISBN 2-207-23523-8).

47601